だいわ文庫

# おいしいアンソロジー
# スープ
## 心とからだに、しみてくる

阿川佐和子 他



大和書房

スープ　心とからだに、しみてくる

# 目次

# スープ七変化

## 阿川佐和子

あがわ・さわこ
1953年東京生まれ。作家、エッセイスト。TBS「情報デスクToday」「筑紫哲也NEWS23」「報道特集」でキャスターを務める。以後、執筆を中心にインタビュー、テレビ、ラジオ等幅広く活動。おもな著作に『ウメ子』『ブータン、世界でいちばん幸せな女の子』『聞く力』など。

年末に取った鶏《とり》のスープが、新年一月半ばを過ぎ、完璧なるカレーと変じてただ今、くつくつ煮え立っている。

思えば昨年暮れの、たしか二十八日であった。正月用の食料品を買いにスーパーへ出かけ、ふと思い立って鶏肉のぶつ切り400グラムを籠《かご》に入れた。これさえあれば、うろたえることはなかろう。大いなる安堵《あんど》に私の心は包まれる。

いつものことである。先行きの食事事情にかすかな不安を抱いたとき……、いや別に、食べ物がなくなるわけではないのですけれど、たとえばしばらく原稿書きに専念しなければならないとか仕事が立て込むとかの理由で、外食もままならず、さりとて家でしっかりご飯を作る余裕もない、などという状況の意味です。で、そういう時期が迫りそうな予感がしたら、私は迷わず、鶏のスープを取ることにしている。鶏のスープさえ作っておけば、とりあえず飢えることはない。だいいち手間が要らない。深鍋《なべ》に鶏を入れ、水を注いで火にかければそれだけでいいのだ。

鶏のどの部分を使ってスープを取るかは、そのときの気分次第である。スープをたっぷり作ろうと思うときは、豪勢に鶏一羽を丸ごと買ってきて煮立てる場合もある。スープだけでなく、煮込んだ身もふんだんに楽しめる。しかし通常はガラ、あるいは鶏の骨付きもも肉やチューリップを使う。いずれにしろ骨付きを買うことには違いない。そのほうがコクのあるスープになる。このたび水炊き用ぶつ切り鶏肉を買ったのは、単に値引きしていたからである。

さて、買ってきた鶏肉を深鍋に入れて水をたっぷり注ぎ、くず野菜を入れる。ひからびた長ねぎの青い部分や生姜のかけら、そしてベイリーフなどだ。そして最初は強火、沸騰したら即、火を弱める。このタイミングを逸すると美しいスープは望めない。長く沸騰させるとどうして濁るのか、理由はわからないけれど、濁るのね。スープを煮立てるうち、部屋に広がる匂《にお》いだけで心が温まる。このひとときが好きである。あー、スープがあるんだ。そう思うと、どんな鬱々《うつうつ》とした日にも、大丈夫、生きていけそうだという希望が湧いてくる。

スープが煮立ったら、最初はできたてほやほやをそのままカップに取り、塩と胡《こ》椒《しょう》で味をつけ、お、アチチと言いながら一口啜《すす》る。そばにおいしいパンや安物ワインなんぞがあればさらに上等。パンにバターを塗り、ワインを口に含み、そしてまた熱々スープを飲む。あー、幸せだ。これがスープの初舞台である。

いくらおかわりをしてもそう簡単には減らない。だから毎朝、起きると歯を磨く前にスープに火を入れる。日に一回、温めておけば腐る心配はない。

そして大晦日《おおみそか》の夜になった。今年は珍しく一人、家で過ごした。テレビをつけるとあちこちで、年越しそばの宣伝をしている。そうだ、あのスープで年越しうどんと洒落《しゃれ》てみるか。いただきものの富山の乾麺《かんめん》がある。香菜と長ねぎ、生姜とレモン……。ちょいとベトナム風のうどんにしてみよう。紅白歌合戦を見ながらうどんを茹《ゆ》で、ねぎと生姜を千切りにし、器のなかに茹でたうどん、ねぎ、生姜、ちぎった香菜、気に入りのXO醬《ジャン》、醬油、塩少々、そしてレモンをたっぷり搾《しぼ》り込み、上から熱々の鶏スープをかけて、出来上がりだ。来年もよい年になりますように。いただきます。スープ最初の色直し。

毎朝の火入れを怠ることなく年が明け、元旦《がんたん》は親の家に帰ったので放置。二日の朝、そのスープを使ってお雑煮を作ることにした。三度目の変身だ。関西の生まれではないが、我が家は毎年、白味噌《みそ》雑煮を作る。いつもは昆布出汁を使うが、せっかく鶏のスープがあるのだから利用しない手はない。人参《にんじん》、大根、里芋を別茹でし、細切れ鶏肉を醬油と砂糖で甘辛く煮ておく。餅《もち》は、丸餅がなかったので去年の残りの真空パック入り角餅を使うことにした。

まずスープを別の鍋に適量取り、白味噌をたっぷり溶かし入れ、そこへ別煮しておいた人参、大根、里芋、鶏肉を加え、餅は焼かずに直接、鍋に落とす。鍋底に餅が焦《こ》げつかないよう気をつけながら、弱火で煮立たせて、お椀《わん》につけたのち、ゆずの皮を載せ、いただきます。やや洋風の感も否めないが、これもまた新鮮な自己流雑煮の完成であった。

黄金色に透き通っていたスープは日が経つにつれて白濁する。出汁に使ったぶつ切り鶏肉もぼろぼろに崩れ、もはや出がらしの体をなす。新年早々、出かけることが多かったせいでスープの活用が滞っていた。それでも毎朝の火入れのおかげで腐らない。

さて、そろそろ最後の変身をどう締めくくることにするか。迷ったところで思いつく料理はいつも同じ。カレーだ。カレーは偉大である。冷蔵庫の残り物をなんでも受け入れてくれる。このコクのあるスープをベースにして、新年初の冷蔵庫一掃運動を開始しよう。

こうして、ちょっと腐り始めたリンゴ、くたびれた香菜、雑煮で使い残した人参、大根、そして玉ねぎ、生姜、ニンニク、ゆず、ココナッツミルク、干しエビ（これは失敗だった）、飲み残しの赤ワイン、カレーの缶詰など、これとおぼしきものはすべて入れ、出来上がってみれば、最前のスープの倍量にふくらんでいる。はてこのカレーとあと何日、付き合うことになるのやら。今、私は毎朝、カレーの火入れに余念がない。

# 出汁のない味噌汁

## 西加奈子

にし・かなこ
1977年テヘラン（イラン）生まれ。作家。2004年『あおい』でデビュー。2007年『通天閣』で織田作之助賞、2013年『ふくわらい』で第1回河合隼雄物語賞、2015年『サラバ！』で第152回直木賞を受賞。著書に『ごはんぐるり』『くもをさがす』など。

早朝、味噌汁を飲みたくて仕方がなくなったので、台所に立った。

朦朧《もうろう》としながら湯を沸かし、戻したわかめを入れ、味噌を溶いて、豆腐をそっと入れる。器によそって、待ちきれず立ったまますすった味噌汁は、

「あれ、なんか……」

思わず、声に出すほどの、「あれ、なんか……」だった。

せっかくの美味しいお味噌。あれだけ欲した味噌汁。なのに物足りない。

しかし、手順を思い返すこともなく、出汁を入れるのを忘れたのだ、と思い出した。仕方なく鍋に戻し、粉末のカツオ出汁を入れて飲み直した。簡単にルーティンを忘れてしまうことに、怖くなった。

だが、なんとなく物足りない味噌汁の味のおかげで、思い出したことがあった。

生まれて初めてひとりで作った料理である。

ごはんと、スクランブルエッグと、出汁の入っていない、味気のない味噌汁だった。両親のために、朝食を作ったのだ、8歳か、9歳のときだ。

カイロに住んでいたとき、両親はよく日本人会のパーティーや会合に出掛けていた。

夜は、兄とふたりで留守番をし、ごはんを食べ、風呂に入り、眠った。両親が帰ってくるまで起きておこう、と決意していても、どうしても眠ってしまう。寂しいから、母宛てに書いた手紙を、母のスリッパの上に置いておくこともあった。

ある休日、目覚めると、窓の外はまだ薄暗く、時計を見ると、4時になろうかどうかというときだった。

私は休日ソフトボールクラブに入っていて、女の子なのにピッチャーを任されることがあった。だから休日は楽しみで、わくわくして、いつも早く起きてしまうのだった。

いつもなら、あともうひと眠りして英気を養い、今日も活躍してやるぜ、と布団をかぶり直すのだが、その日はふと、朝食を作ってみようか、と思った。

結局その前日も、パーティーから帰宅した両親に会うことは叶《かな》わなかった。両親が起きてくるまでに朝食を作り、ふたりをびっくりさせてやって、私はこんなにも大人になっているのよ、と伝えたかったのだろう。


台所は、石の床、ゴキブリがたくさんいて、とても薄暗く、窓に面した中庭からは、犠牲祭という祭用に生贄《いけにえ》として殺される山羊《やぎ》の「メーッ!」という断末魔の鳴き声が聞こえるような場所だった。

明るいキッチン、ママのにおい、のようなイメージからは程遠い禍々《まがまが》しさ。出来ることなら近寄りたくないが、朝食を作らねばという使命感に駆られた私は、とても勇敢だったのだ。

お米を炊くのは手伝っていたので、すぐに出来た。静かに。フライパンに油をひいて卵を炒める。味付けはなし、そのまま卵を割り入れたから白身と黄身が分離しているが良し。

さて味噌汁、確か母は沸騰したお湯に材料を入れて、味噌を溶いていたはずだ。その通りやってみる。味噌を溶く手つきで、自分が母になったような気分、そして味見。

「あれ、なんか……」

出汁を入れることを知らず作った味噌汁は、なんとも味気なかった。こんなものだったっけと首をかしげながらも、結局私は朝食を出したのだった。

起きてきた両親は、今から考えると、サービス過多なほど、喜んでくれた。

すごい！　こんなん作ったたん！

加奈子、天才！

私は得意で仕方がなかった。味のない卵も、「あれ、なんか……」の味噌汁も、自分が作ったんやもの。

その日のソフトボールで活躍できたかは覚えていないが、薄暗い朝、急に大人になってしまった、頼もしくて、でも少し心細い感じは、覚えている。

私はいつから、味噌汁に出汁を入れることを覚えたのだろう。初めての朝食を作ってから、今朝の朝食を作るまでの間に、私はどうやって大人になったのだろう。そもそも大人になど、なれていないのかもしれない。

あのときの勇敢な私は、もう、うんと遠くにいる気がするのだ。

# 兎亭のスープの味

## 遠藤周作

えんどう・しゅうさく
１９２３年東京生まれ。小説家、評論家。『白い人』で芥川賞、『海と毒薬』で新潮社文学賞、毎日出版文化賞、『沈黙』で谷崎潤一郎賞受賞。その他おもな作品に『イエスの生涯』『男の一生』などのほか『ぐうたら人間学』などのエッセイでも知られる。１９９６年没。

汽車がディジョンをすぎると、私は窓に顔を押しあてて雪に覆われた風景の一つ一つを食い入るように眺めた。

八年前、リヨンを離れて帰国の路についた時、私はふたたびこの街に来ることはあるまいと思った。日本に帰っても時として心に浮かびあがるこの街の風物を懐しみながら、もう一度、リヨンに行けるとは夢にも考えていなかった。それがふたたび、こうして、冬のリヨンにやってきた。

汽車がゆっくりとローヌ河の鉄橋を渡りはじめる。と、灰色の空が河岸も両側にたちならんだ黝《くろ》ずんだ家も覆っていた。その家なみのむこうにまるいドームが寒々とみえたが、あれが私にとって色々な思い出のあるリヨン大学である。その頃机をならべた悪い仲間はどうなっているだろう。

汽車をおりると私は鞄をもってペラッシュ駅を出た。雪は駅前の広場に霏々《ひひ》として舞いおりる。その雪のなかを古ぼけた小さな電車が、のろのろと動いている。人影はあまりない。私が鞄を持ちなおして歩きだした時、広場の角燈がついた。

ああ、リヨンは八年前と何一つ変ってないようじゃないか。冬になると午後三時ごろからリヨンはきまって暗くなる。空も暗く家も暗い。ローヌの河面も暗い。今日のような雪の日は特にそうだ。もう一時間もするとこの街特有の霧がゆっくりとながれてくるだろう。

駅前の小さなホテルに入った。ゆきずりの行商人や旅人が泊る安ホテルだ。私は寝台と洗面台しかない小さな部屋に入ると、鞄を持ってくれた老人のギャルソンに湯とコニャックをたのみ、その湯でこごえた手を洗った。それからベッドに寝ころんでコニャックを咽喉にながしこんだ。

　眼がさめると外はもう真暗だった。雪はまだやんでない気配である。私は帽子をかぶり外套をきると、ホテルを出てなつかしいヴィクトール・ユーゴ街からこの街の中心であるベルクール広場にむかった。泥と水によごれた歩道をレインコートの襟をたてた勤めがえりの人々が歩いている。その人むれにまじって横町にまがり、私は昔よく飯をくいによった「兎亭」という三流レストランの扉を押した。

　実をいえば私としてはある期待をもっていたのだ。むかし店によく寄った日本の貧書生をここの肥ったマダムが憶えていてくれて、きっと驚きの声をあげながらむかえてくれるだろうし、そしてそのマダムの得意なオニオンのスープをもう一度味わわしてくれるだろうとも考えていたのである。

　しかし私をむかえたのは見知らぬ中年のギャルソンだった。店の内部も変っていた。八年前、マダムがいつも取りかえていた赤白のごばん模様の卓布のかわりにビニールのクロースがかかっていた。私がマダムのことをたずねると経営者はとっくに変ったのだとぶっきら棒に答えた。

「八年前、よくここに来たんだ」と私は言った。「まだ、学生だったが」

「そうかね」

ギャルソンは全く興味なさそうに何をたべるかとたずねた。

オニオンのスープができる間、私はレジに行き電話帳をめくった。もし旧友のAが母親と一緒に八年前と同じようにコント街の古ぼけたアパートに住んでいるなら、この電話帳にその名が載っている筈だった。

私の声をきくとAは驚きのあまり黙った。

「本当？　お前が……リヨンに」

「そうだよ」

彼はすぐ兎亭に来ると言った。私は席に戻り、オニオンのスープをすすったが、その味は昔、ここのマダムが作ってくれたように、うまいものではなかった。香料の味がきいていない。私はあの頃、まだ二十代だったしなんでも美味に思う年齢だったのだろう。スプーンを動かしながら私はAのことを考える。栗色の髪の毛の下に鹿のようにぬれた青い眼をもった男で、勉強はあまりできなかったが、水泳とピンポンが強かった。

私が注文したレモンがきを食べている時、そのAがやってきた。

「ああ」

私たちはしばらくお互いの顔を見つめあった。栗色の毛は昔のままだが、彼ももう青年ではなく、疲れた顔をした中年の男になっていた。雪がその古い外套の肩に細かく光っている。

「それから、お前はどうした」

私は自分の今日までを話すと、今度は質問する番にまわった。

「ごらんの通りさ。パンをかせぐのに毎日、働いている。母親を養わなくちゃならん。兎に角、お前が日本にかえってから、こちらでは物価があがる一方だ。あの頃の一倍半にも二倍にもはねあがっている」

それは私も知っていた。八年前、私が百フランで買えたものが今日のフランスでは百五十フランにも二百フランにも変っていた。新聞は今年の終りから貨幣の切りさげを行ない、新フランを使うことを知らせていた。

「みんな戦争のせいだ」とAは苦々しげに呟いた。

「アルジェリアでの戦争のせいだ」

「お前は兵隊でアルジェリアに行ったのか」

「俺はまぬがれた。だけどBもCもDも……」

と、彼は私の記憶にある者の仲間の名をあげだした。

「みんなアルジェリアに兵役で行った。Dなんかはまだ戻ってこない。そのままあそこに残っている」

私はパリでフランス人にたずねた同じ質問を無駄にまた繰りかえした。

「みんな疲れているのだろう、なにしろ八年前、俺がここにいた時は印度支那だったし、そして今はアルジェリアだからな」

八年前私のリヨン大学での旧友たちは、学校を出ると印度支那での戦争に兵隊でとられることをおびえていたが、今度は別の戦争に行かせられた世代ということになる。私はこの国での戦中派とは彼等のことを言うのじゃないかと考えた。

「BやCなぞ、どう思っているのだ」

「あいつらはまだアルジェリアは植民地じゃない。フランスそのものだからと言っているのさ。すっかりコロンと同じ考えだよ」

「アルジェリアに行くとそうなるのか」

「そうなる連中もいる。しかし反対の気持になる連中も多い」

「お前は」

「俺は……」Aは寂しそうに笑った。「政治に関心はない。ただ早く戦争がすんで、生活が楽になればいい」

私たちは一時間後、雪の路で別れた。別れる時、私は、

「リヨンの町は変ったかね」

「さあ、建物はみな同じだが。なかに住む人は八年の間に随分死んだり、引越しただろう。この街はそうパリみたいに変りはせんさ。元来が保守的なところだからな。変ったといえばローヌ河にいい橋がかけられたぐらいだ。下町に行くなよ。ちかごろアフリカ人のテロがあるから」

私は雪のなかを一人でホテルに歩いた。八年ぶりにこの町にきたという先ほどの懐しさは消え、私はあの時からずっとこの町に住んでいたような錯覚に捉われてきた。

# スープは音を立てて吸うべし

## 三島由紀夫

みしま・ゆきお
1925年東京生まれ。作家、劇作家、随筆家。大蔵省退職後、本格的に執筆活動に入る。著書に『仮面の告白』『潮騒』『金閣寺』『鏡子の家』『憂国』『豊饒の海』『不道徳教育講座』など。1970年、自衛隊市ケ谷駐屯地にて割腹自殺。

たいていの気取ったエチケット講座には、洋食の作法として、「スープは決して音を立てて吸ってはいけません」などと、おごそかに戒めています。子供のときから味噌汁《みそしる》を音を立ててのみ、お薄《うす》茶もおしまいのときにはチューッと吸い込む作法に馴《な》れて来たものに、むりやり西洋人の作法を押しつけようというのです。

ところでこういう表面的作法に一等影響をうけやすいのは女性であって、女性は

とかく上《うわ》っ面《つら》だけで物事を判断しますから、
「好きな彼氏がいたんだけど、はじめて二人で夕食をしに行って、スープが出て、いきなり彼氏が、ズルズルッという、ラーメンでも流し込むような音を立てて、ポタージュを吸い出した瞬間、わたしは生理的嫌悪を感じて、それ以来、彼氏がすっかりイヤになりました」

などというのは、たいていの女性雑誌の「恋愛心理の微妙さの特集」とかいう、告白記事に出ています。私は別にこんな女性心理は、微妙でも何でもなく、ただの虚栄心だと考えますが……。

エチケット講座の担当者たちを見ればわかりますが、彼らは私にとって格段尊敬すべき人たちとも思えません。洋食作法を知っていたって、別段品性や思想が向上するわけはないのですが、こんなものに影響をうけた女性は、スープを音を立てて吸う男を、頭から野蛮人と決めてしまいます。それなら、あんなフォークやナイフという凶器で食事をする人は、みんな野蛮人ではないでしょうか？

たまたまここへスープの音の話を持ち出したのは、私の最も尊敬する先輩が、二人まで、すさまじい音を立ててスープを吸う。二人とも外国をまわって来た人ですが、外国のどこかの都市の、気取ったレストランで、もし御両人が相会してスープを吸ったら、さぞや壮観だろうと思われる。御両人とも日本最高の頭脳に属するが、スープを音を立てて吸ったりすることは、日本最高の頭脳たることを少しもさまたげないのである。そればかりではない。私は両氏を見ていると、あれだけあたりかまわずズーズー音を立ててスープを吸えたら、あのくらい頭がよくなるんじゃないかと思うことがある。

——事はスープだけにとどまらない。或《あ》る中世芸能の研究家が、私の目の前でナイフに肉をのせて、御丁寧に刃のほうを下唇へあてがって、口の中へ肉をほうり込むところを見たが、これなんかは、いつ口が切れやしないかと相手をヒヤヒヤさせて、スリルを満喫させる点だけでも功徳《くどく》というものである。

エチケットなどというものは、俗の俗なるもので、その人の偉さとは何の関係もないのである。

静まり返った高級レストランのどまん中で、突如怪音を発して、ズズズーッとスープをすることは、社会的勇気であります。お上品とは最大多数の決めることで、千万人といえども我ゆかんという人は、たいてい下品に見られる。社会的羊ではないという第一の証明が、このスープをすする怪音であります。

野球を見にゆくのは、社会的羊のやることだから、一人狼は見に行く必要がない。ゴルフも社会的羊のスポーツであります。

N子は本講座の優秀な聴講生であるから、恋人のS青年が、レストランで、破廉恥な音を立ててスープをすするのを、むしろ誇りに思っていました。

「この人は見どころがあるわ。きっと今にエライものになる」

と心中ひそかに思って、うれしがっていました。

彼がめずらしくショパンのピアノ曲の演奏会へ誘ってくれたので、一緒に行くと、しんとした演奏のさなかに、靴底でカンシャク玉を踏みつけ、観客を総立ちにさせておいて、逃げ出す始末でした。

彼は下界の礼儀やいたわりを軽蔑《けいべつ》していましたから、見ず知らずの腰の曲ったお婆さんの手を引いて、車道を渡らせてやりました。

「おや、もう、こりゃァ、ありがとう。若い方が、よく気がついて、いやもう本当に、御親切に」

とおばあさんは言いました。しかし車のゆききが織るような車道のまんなかまで来ると、彼は手を離してさっさと行ってしまったので、おばあさんは車道のまんなかに腰を抜かして、お題目をとなえる始末になりました。尤《もっと》もお題目の声がクラクションのひびきより高かったので、幸い轢《ひ》かれずにすみましたが。

彼が風邪を引くと、何かしんみりした悲恋物をやっている映画館へ行って、まんなかの座席に坐《すわ》って、たてつづけに二十回ほど大きなくしゃみをしました。観客は笑い出し、せっかくの悲恋物は台なしになり彼の風邪も治ってしまいました。

彼は又、交番という交番の前へ行って、帽子を脱いで、丁寧に最敬礼をして、何も言わずに引返して来たので、すっかりお巡りに気味悪がられて共産党の新戦術かと誤解されました。

彼は公園へ出かけて、水鳥のいっぱいいる池の中へ、紙屑《かみくず》をいっぱい入れた紙箱に火をつけたのを浮べて逃げ出したが、おどろいて飛び立った水鳥に、頭へ糞《ふん》を引っかけられました。

N子はこういう彼にいちいちついて行って、彼の所業を見ていたわけですが、ますます並々ならぬエラ物《ぶつ》だと思わないわけには行かなくなりました。彼はたしかに羊ではないのです。

ところが、とうとう或る日、彼が精神病医の診断を受けさせられて、精神病院へ入れられてしまったときいたとき、彼女は大へんガッカリして、狼を柵《さく》の中へ追い込んでしまった羊の大群の威力に気がつきました。もう一つ羊たちは、監獄という柵を持っています。ですから、羊たちにイヤガラセをするには、せいぜいスープをズルズルッと音を立ててすするぐらいのところに、止めておいたほうがよいのだ、と考えざるを得ませんでした。

皆さん、これがわれわれの芸術というものの実態です。それはレストランの羊たちのためのなごやかな音楽でなければ、せいぜい狼の習性をあらわすスープをすする音にすぎないのです。それでも私は、羊たちのための音楽よりも、このスープの音をえらびます。それは妙《たえ》なる音楽ではないかもしれないけれど、少なくとも、「俺は羊じゃない」という不断のつぶやき、勇気の一種、抵抗の一種、イヤガラセの一種、すなわち、人間に欠くべからざるものの、ささやかな見本なのであります。

# ミネストローネのせめぎあい　有賀薫

ありが・かおる
スープ作家。『帰り遅いけどこんなスープなら作れそう』『朝10分でできるスープ弁当』でレシピ本大賞入賞。著書に『こうして私は料理が得意になってしまった』『有賀薫の豚汁レボリューション』『スープ・レッスン』など。

具だくさんのスープを見ると、私は大人数の宴会を思い浮かべます。最近、宴会は嫌われる傾向にあり「宴会は好きじゃない」と言い切る人も多いですが、私は昔から人の集まりが大好きでした。

ふだんはひとりで仕事をしていることが多いし、人とお酒を飲むことが好きだからという理由もあるのですが、子どものころから人の大勢いる環境で育ったせいだろうと思います。好きな人たちが集まって和やかにしゃべっている場所にいると、自分が人の輪の一部になって混ざり合って溶けていくような安心感があるのです。お祭りや日曜日のデパートではいつも人酔いしていたので、イベントが好きというよりは、知り合いが集まっている場所にいるのが好き、というのが近いかもしれません。

とはいえ、会話を楽しみたいなら宴会じゃないな……というのも確かです。はしゃいで笑って楽しい気分で帰る道すがら、「あれ、今日は誰と何を話した？」と思い返そうとして、何も思い出せないこともあります。それは飲み過ぎたせいだけではないはず。

居酒屋にいると、お客さんの声が時間につれて大きくなっていきます。声を張り上げて話をする声にまた別の声がかぶさって、その声がひとつにまとまって「がやがやした人の話し声」になってしまっています。トイレに立って通路を歩くと、右からも左からもそんな声のかたまりがワーンと聞こえてくる、あの感じ。話の内容なんて言葉の端々しか聞き取れませんし、1対1でおしゃべりしているところに誰かが横入りすることもよくあることです。

だから、もし誰かとじっくり話をしたいなら、大人数よりふたりか3人。信頼できる相手なら差し向かい、3人の会話は視点が増えて話が深くなるので、3人の予定ができたときは楽しみです。

これ、スープでも同じだなと思うのです。素材とじっくり向き合いたいときはあまり食材の数を使わないほうがいい。逆に、にぎやかな味にしたいなら、多種類の具材を合わせていくということです。

たとえば、小さめのたまねぎ半個をみじん切りにして炒めたところに、刻んだ旬の完熟トマト2個を加えて煮込むと、トマトのおいしさをすみずみまでじっくりと味わえるシンプルなトマトスープになります。

ここに、にんじん、キャベツ、ズッキーニ、じゃがいも、マッシュルームなどを少しずつ入れて一緒に煮込んでいくと、それはミネストローネに限りなく近づいていきます。がやがやした味のスープです。このときトマトはだんだんとベースの味に引っ込んでいき、「トマトスープ」ではなくて「トマト味のスープ」になるのです。

宴会が好きな私はミネストローネも大好きです。野菜のうまみが混ざり合い、馴染んで、集まった人の声と同じように、ひとつの味にまとまるのが大きな魅力です。でも、だからこそ、新鮮な野菜が手に入って野菜そのものの風味を味わいたいときはミネストローネではなく、組み合わせるものを厳選して、素材の味がまっすぐ味わえるようなシンプルなスープを作ります。3つぐらいまでだと相乗効果が出るのは、これも人の会話と同じです。

がやがやスープとじっくりスープは、食材の様子をみて作り分けます。ミネストローネはたいてい冷蔵庫に残り野菜が少しずつあるというキッチンの事情から作ることが多いです。多少しなびた野菜でも、ミネストローネなら懐深く受け入れてくれます。

今日は野菜たちがお待ちかね。ミネストローネを作ってみましょうか。

◎具だくさんのがやがやミネストローネ

作り方（4〜5人分）

① **たまねぎ1／2個、にんじん1／2本、セロリ1／3本、エリンギ1本、じゃ**

がいも1個、キャベツ1／6個、ベーコン40gは、すべて1cm角に刻む。にんにく1片はつぶす。

② 鍋にオリーブオイル大さじ1とベーコンとにんにくを入れ、弱火でじっくり香りを立てるように加熱する。ベーコンが色づいたらたまねぎを加えて中火で2分ほど炒める。

③ にんじん、セロリ、エリンギ、じゃがいも、キャベツを順に加えていき、塩小さじ1を入れて野菜がしんなりするまでしっかり炒める。トマト缶1缶（400g）のトマトを加え、ヘラでつぶしながらさらに炒める。

④ トマト缶に残っているジュースと空き缶1缶分の水を加えて20〜30分煮込む。最後に水を1カップほど足して水分量を調節し、味をみてから塩、こしょうで味をととのえる。

# おいしく豊かな水だし生活 ● 内館牧子

うちだて・まきこ
1948年秋田生まれ。脚本家、小説家。OL生活を経て脚本家デビュー。代表作にNHK連続テレビ小説「ひらり」「私の青空」、大河ドラマ「毛利元就」など。女性で初めて横綱審議委員を務めた。おもな著作に『夢を叶える夢を見た』『十二単衣を着た悪魔』など。

私の四十代、五十代はとにかく仕事が忙しく、また楽しく、刺激的で、すべてに優先させていた。

そんな中で、台所に立つこともあるにはあったが、ガス台には常にフライパンが出ていた。日に応じて野菜やベーコン、卵、肉類などをジャージャーと炒める。味つけも日によってケチャップだったり、カレーだったり、塩胡椒だったりだ。

中華味や、コンソメ味もよくやっていた。そして、電気炊飯器が勝手に炊いてくれた白いごはんと、味噌汁を合わせる。

味噌汁のだしはインスタントの粉末である。炒め物の中華味やコンソメ味も、もちろん粉末である。粉末のだしは簡単な上に、量の増減がすぐにできるし、味もいい。

こういう家庭食と、外での会食が二十年続いたせいばかりではなかろうが、「鉄の女」と呼ばれるほど丈夫で元気だった私が、二〇〇八年に死んでも不思議ではない急病に襲われた。

二度の大手術を経て、まさしくこの世に「生還」し、退院する時、栄養士からみっちりと食生活の指導を受けた。まずは塩分のカットである。そして太ると心臓に負担がかかるため、糖質や油脂の適正な摂り方を守り、退院時の体重をキープするよう厳命された。

「内館さん、塩分をカットする一番の方法は、自分でだしをひくことです。昆布やしいたけなどの素材からうま味成分が溶け出しただしですと、味噌や醤油はほんの少し使うだけで、とてもおいしいんですよ。

それと、レモンやすだちを搾《しぼ》って使えば、本当に塩も醤油もいらなくなるほど。保証します」

だしをひくなどと高度なこと、私にできるだろうか。自宅にはインスタントの粉末は和洋中、ズラリとそろっているが、昆布もしいたけも鰹節もない。

だが、考えてみれば確かに白い粉の一振りで、おいしい味つけができるのはヘンだよなァ……。あれは昆布やしいたけなど、だしのエッセンスに、何らかの人工的な処理をしたのだろう。そうでないと、あんな粉末にはなるまい。処理過程では当然、化学物質が使われているはずだ。簡単でおいしいとはいえ、それを毎日、体に取り込むのはやっぱり「ヤバイ」に違いない。少なくとも私は二十年間取り込み続けた。そのせいばかりではないが、重病に襲われ、奇蹟的に「生還」した身だ。

自分でだしをひくしかない。

だが、それは雑味が出ないように火加減を見たり、ザルでこしたりするのだろう。面倒だなァ、続くわけがないよなァと思っていた時だ。

秋田の角館に安藤家という旧家がある。「安藤醸造」として嘉永六年から味噌や醤油を造っており、今も昔ながらの蔵で、無添加・天然醸造を守る老舗《しにせ》だ。私は秋田出身なので、安藤家の方々と親しく、たぶん大女将《おおおかみ》の恭子さんに「だしをひくのは面倒で……」とかぼやいたのだと思う。

後日突然、恭子さんから鰹節削り器と本枯れ節が送られてきたのである。びっくりした。その上、同封の手紙に「水だし」のやり方を書いてくださっていた。

これなら簡単だ。すぐできる。ずっと続けられる。鰹節削り器がまた楽チンなもので、よく見るカンナ箱型ではない。力が全然いらず、刃がついた本体に鰹節をはさみ、ハンドルをグルグル回すだけ。すると削れた鰹節が、本体の引き出しにたまる。家庭用のかき氷器を想像していただくと、近い。

私は手紙にあった通りに、一リットル容器に削りたての鰹節と昆布を入れ、水を加えた。容器は麦茶用のガラスボトルで、それを冷蔵庫に入れて一晩おく。そうするだけで、朝にはおいしいだしができていたのだから驚いた。

このだしを初めて口にした日のことを、よく覚えている。味が穏やかでまるい。それは、ずっとインスタントの粉末だしに慣れていた舌にとって、淡くてもの足りないところでもあった。

ところが、十日ほどたった頃だ。慣れ親しんでいた粉末だしは、味がとんがっていたと気づいた。おいしいと思って使っていたが、自分でひいただしからにじむ「うま味」は、粉末のストレートな味とはまったく別物だった。この穏やかなまるさこそが、自然素材の持つ力なのだとやっと気づいた。

このおいしさに目覚めると、ストレートなとんがった味に戻る気がしなくなり、それらはうちの台所から自然に消えていった。

そして、自分流に組み合わせて、色んな水だしを作るようになった。というのも、昆布のうま味はグルタミン酸、鰹節はイノシン酸、干ししいたけはグアニル酸だという。ならば、この三つを全部入れたら複雑なおいしさが生まれるのではないかと、単純に考えたのが発端だ。

今、私は次の五種類の水だしを、気分によってひいている。どれも「昆布」と「鰹節」は必須である。この二つに、①〜⑤のどれかを加える。

①干ししいたけ
②焼き干し
③焼きアゴ
④干しエビ

⑤干し野菜

干し野菜はごぼう、にんじん、細切り大根、薄切りのじゃがいもなどで、私はあればクルミを叩いて加えている。昆布は日高産を使うことが多く、焼きアゴは長崎だ。北海道と九州が水の中でみごとに調和する。

雑誌などには、昆布や干しエビなどのだしがらは捨てずに佃煮にしたり、ふりかけを作ったりしようと書いてある。一度やってみたが、私の腕が悪いせいか、時間ばかりかかっておいしくなかった。とはいえ、捨てるのはイヤだ。

そこで今は、水だしにする時、昆布や干ししいたけは最初から小さく細かく切っておく。要は汁の実にしてしまうのである。

水だしを作る上で、こういうやり方がいいのか悪いのかわからなかったが、後にＮＨＫの「あさイチ」で、大阪の昆布問屋のご主人・喜多條清光さんが「昆布は断面からうま味が出るので、細切りにしてうま味成分が出やすくするといい」とおっしゃっていた。結果オーライである。

焼き干し、焼きアゴ、干しエビのだしがらは、小さくしてきんぴらごぼうに加えることが多い。炊きたてのごはんに、そのきんぴらごぼうをまぜてお握りにすると、これがまたおいしい。

こうして心を入れ替えて、水だし生活を送っていた私は、料理評論家の山本益博さんとお話しする機会を得た。私は二〇一〇年から二〇一五年までの五年余り、「内館牧子のエコひいきな人々」というラジオ番組を持っていたのである。

これはＴＯＫＹＯ　ＦＭを通じ、全国33ＦＭ局で放送されていたのだが、番組名が示すように専門家を招いてエコについてお話をうかがうものであった。エコといっても宇宙のゴミ問題からオーガニックレストランまで幅広く、毎回のゲストの話はそれはそれは面白かった。

そのゲストとしていらしていただいたのである。

益博さんは明言された。

「全世界を調査した結果、現代人にとって最も理想的な食事は『日本の昭和三十年代までのメニュー』だと報告されたんです。具体的には『まごわやさしい』ですよ。現代人はそれに『に』、つまり肉を加えて、『まごにわやさしい』がいい」

ま…豆、ご…胡麻、に…肉、わ…わかめ等海藻、や…野菜、さ…魚、し…しいたけ等きのこ、い…いも。

「昭和三十年代までは、ごはんのまわりに、これらのおかずを置いて食べていた日本人が、欧米型になってこの誇るべき家庭食を切り捨てた。結果、油脂の摂取が多くなりました。外国の料理は大量に油脂を使う。でも和食のベースは水。だしにしてもお浸しにしても、水に包まれています」

益博さんはさらに続けた。

「バター、クリームなどの油脂は自分から『おいしいでしょ』と語りかけてくる。和食はそうではない。口にふくんで自分でうま味を感じるものです。素材のうま味を小さい時から教えないといけません」

最近の若い親は調味料漬けになっていると警告した後で、衝撃的な一言を加えた。

「(そういう親に育てられた)子供は、マヨネーズやケチャップなどを塗りたくってコーティングした味こそがおいしいと、調教されていることになります」

この「コーティング」という一言は忘れられない。濃く、刺激的で、「おいしいでしょ」と語りかけてくる味は、誰にもわかりやすい。つまりわかりやすく強烈に「コーティング」されたものなのだ。

「素材そのものの持つ力こそが、人間の栄養になります」

穏やかでまるい味の水だしは、私が考えている以上に力を持っているのだと思う。

# 拾った魚のスープ

伊丹十三

いたみ・じゅうぞう
1933年京都生まれ。映画監督・脚本家、俳優、エッセイスト。1984年『お葬式』で映画監督デビュー。『マルサの女』『あげまん』『ミンボーの女』『スーパーの女』など、ヒットを連発する。著書に『ヨーロッパ退屈日記』『女たちよ!』など。1997年没。

日本でもブイヤベースを食べさせる料理屋がずいぶんふえたように思う。ブイヤベースは、たいがいのフランス料理屋ではメニューの中の一等いい場所に、ひときわ目立つ具合いに書いてあるから、なるほどフランス料理の面目を一身にしょって立っているかと思わせる。

ブイヤベースは、マルセイユの料理である。ひとくちでいえばいろんな魚がごろごろはいったスープである。サフランを使うのでスープの色は赤っぽいオレンジ色をしている。

魚を使うのであるから魚が新鮮な日本ではさぞおいしくできるだろうと思いきや、これがどうも妙な具合いなのだ。日本で食べるブイヤベースは魚が新鮮で綺麗すぎてどうもブイヤベースという気がしない。

いや、まずいのではない。それはそれとしてうまいのであるが、どうもあれはブイヤベースとは別の食べ物であるように思える。洋風の沖すき、とでもいうべきか。あるわけ知りに聞いてみると、日本にはブイヤベースに絶対必要なある魚が存在しないらしいのである。ブイヤベースにはいろいろな魚がはいる。伊勢蝦《えび》を縦半分に割ったのや、ムール（貽貝《いがい》である。日本ではムールを軽蔑《けいべつ》して蛤《はまぐり》なんか使うからますます味がお上品になってしまう）いろんな白身の魚なんかがはいるが、その他に鯒《こち》とも魴鮄《ほうぼう》ともつかぬ一種の臭みのある魚がはいる。これがなくてはブイヤベースにはならぬということらしい。

そもそもブイヤベースの発生を意地の悪い目でおもんぱかるならマルセイユは漁師町である。魚の取引が行われたあとには港は実に雑多な魚が落ちているはずではないか。これをマルセイユのおかみさんたちは拾い集めてぶつ切りにしてスープにぶちこむ。中には傷《いた》んでいる魚もあるからその匂《にお》いを消すためにサフランを大量に入れることになった、ということだろうと思うのだ。いや、それにちがいない、ちがいない。

# 春雨と椎茸と蟹のスープ ● 宇野千代

うの・ちよ
1897年、山口生まれ。1921年『脂粉の顔』が「時事新報」の懸賞小説で一等に当選。1957年『おはん』で野間文芸賞、女流文学者賞を、1982年菊池寛賞を受賞。おもな著書に『色ざんげ』『風の音』『雨の音』など多数。1996年没。

あれはいつのことであったでしょうか。平林たい子さんが寄り道をして、私の家へ来たときのことでした。

私は自分が春雨が好きで、何かと言うと、それを料理の中へ入れる癖があったものですが、そのときも、この表題の、春雨と椎茸と蟹《かに》のスープを作って、平林さんに食べさせたものでした。

「やっぱり鱶《ふか》の鰭《ひれ》は、おいしいもんですわねえ」

平林さんにそう言われたとき、私は吃驚《びっくり》して了《しま》いました。あの、平林さんにご馳走した春雨の料理の中に、鱶の鰭なんか、入れた覚えは全くなかったからでした。

しかし、それでも平林さんは、鱶の鰭だと信じて疑わない様子なので、私は平林さんを騙《だま》す積もりなぞ全くないのに、面白半分に、うちのものたちと、片眼をつぶって合図をしてから、最後まで、知らん顔をしていたものでした。平林さんが帰ったあと、うちの者がこう言いました。

「そう言われて見ると、これは、鱶の鰭のスープにそっくりなんですもの」

私は最初から、平林さんを騙そうと思って、このお椀を作ったわけではないのです。かん違いをしたのは平林さんの方なのですが、そう思って食べて見ると、なるほど、鱶の鰭もどき、と言えるくらいの旨味があったのです。そんな、いきさつのある、これはまさに、怪我の功名みたいな料理だったのです。聞くところによりますと、あの、天下の美味と言われる鱶の鰭にも、それ自体には何の味もないものなのに、この旨味は、鶏でとったスープにある、と言うことなのでした。

そう言うことなら、鱶の鰭の代わりに、私の大好きな春雨を使っても、一向に構わないではありませんか。私はただ、自分の大好きな春雨を使っただけのことなのですもの。

この料理の要点は、どうしたら旨いスープを作るか、にあるようなのです。平林さんが鱶の鰭のスープだと思って感激した、そのスープは、種明かしをして見ると、実はこんな風にして作ったのです。

私はまず、鶏の手羽先きを買って来ました。これを水から、ことことと煮詰めました。有り合わせの野菜の屑も入れました。そして、別の鍋で、かつお節をたっぷり入れただしを取り、これを鶏のスープと合わせて、酒、塩、味の素で調味したところ、ちょうど思った通りの、旨味のあるスープが出来たのです。こんなところにも、旨い上にも旨く、と言う、例の私の癖が出ているのかも知れません。

春雨は三十分ほど水につけてから、熱湯で固い目にゆでて、笊《ざる》に上げてから、食べ好いように、ざくざくと切っておきます。椎茸はもどしてから細かく切り、例のスープで、柔らかに煮ておきます。

それから、先刻のスープにこの椎茸とゆでた春雨とを入れて、一と煮立ちしたところへ、葛《くず》の水溶きを加えて、とろみをつけるのです。

そして、ここへ玉子の白身を廻し入れましょう。全体を掻き廻して、よく混じり合ったら、缶詰めの蟹の身をほぐして加え、これをお椀に盛ったら、それで出来上がりなのです。

何気なく出来て了った汁なのですけれど、これは思ったよりも便利なスープなので、パン食にも、ご飯のときにもよく合います。どうぞ、あなたも、「うちの鱶ひれスープ」と称して、知り合いの人たちを吃驚させて見て下さい。

# だしの取り方

## 北大路魯山人

きたおおじ・ろさんじん
1883年京都生まれ。陶芸家。東京に会員制の高級料亭〈星岡茶寮〉を開くなど、美食家として名をはせた。書や篆刻《てんこく》、日本画で身を立てた後、料理を美しく盛るための陶芸の制作に打ち込んだ。1959年没。

かつおぶしはどういうふうに選択し、どういうふうにして削るか。まず、かつおぶしの良否の簡単な選択法をご披露しよう。よいかつおぶしは、かつおぶしとかつおぶしとを叩《たた》き合わすと、カンカンといってまるで拍子木か、ある種の石を鳴らすみたいな音がするもの。虫の入った木のように、ポトポトと音のする湿《しめ》っぽい匂《にお》いのするものは悪いかつおぶし。

本節と亀節ならば、亀節がよい。見た目に小さくとも、刺身にして美味い大きいものがやはりかつおぶしにしても美味だ。見たところ、堂々としていても、本節は大味で、値も亀節の方が安く手に入る。

次に削り方だが、まず切れ味のよい鉋《かんな》を持つこと。切れ味の悪い鉋ではかつおぶしを削ることはむずかしい。赤錆《あかさび》になったり刃の鈍くなったもので、ゴリゴリとごつく削っていたのでは、かつおぶしがたとえ百円のものでも、五十円の値打ちすらないものになる。

どんなふうに削ったのがいいだしになるかというと、削ったかつおぶしがまるで雁皮紙《がんぴし》のごとく薄く、ガラスのように光沢のあるものでなければならない。こういうのでないと、よいだしが出ない。削り下手なかつおぶしは、死んだだしが出る。生きたいいだしを作るには、どうしても上等のよく切れる鉋を持たねばならない。そしてだしをとる時は、グラグラッと湯のたぎるところへ、サッと入れた瞬間、充分にだしができている。それをいつまでも入れておいて、クタクタ煮るのではろくなだしは出ず、かえって味をそこなうばかりである。いわゆる二番だしというようなものにしてはいけない。

そこで、まず第一に、刃の切れる、台の平らな鉋をお持ちになることをお勧めしたい。かつおぶしを非常に薄く削るということは経済的であり、能率的でもある。なお、わたしの案ずるところでは、百の家庭のうち九十九までがいい鉋を持っていまい。料理を講義する人でも、持っていないのだから、一般家庭によい鉋を持っている家は一応ないと考えて差し支《つか》えない。

さて鉋はいつでも切れるようにしておかなければならない。しかし、素人ではよく研げないから、大工とか仕事をするひとに研いでもらえばいい。そのほか、とぎや専門という商売もあるのだから、いつも大工の鉋のようによく切れるようにしておかなければ、料理をしようとする時にまごつくのがオチだ。

日本にはかつおぶしがたくさんあるので、そう重きをおいていないが、外国にあったら大変なことだ。外国人はかつおを知らないし、従ってかつおぶしを知らない。牛乳とか、バターとか、チーズのようなもの一本で料理をしている。しかし、これは不自由なことであって、かつおぶしのある日本人はまことに幸せである。ゆえに、かつおぶしを使って美味料理の能率をあげることを心がけるのがよい。味、栄養もいいし、よい材料を選べば、世界に類のないよいスープができる。

それなのに、かつおぶしに対する知識もなく、削り方も、削って使う方法も知らないのは、情けないことだ。その上削る道具もない——これはものの間違いで、大いに反省してもらいたいことだ。現在、鉋でかつおぶしを削っているのは料理屋のみであって、たいがいは道具もなくて我慢しているようである。その料理屋さえ最近削りかつおぶしを使用している。削り節にもいろいろあって、最上の削り節ならば、まずまずであるが、削り節は削り立てがいいので、時がたってはよろしくない。

鉋があっても、切れない場合が多いし、それを使用して削れないと思うくらいなら、日本料理をやめた方がいい。

料理にかぎらず、やるというのなら、どんなことでもやるのが当然で、やらなければ達成できない。かといって、この場合、料理屋の真似《まね》をしてガラスで削るのは危険だし、たくさん削る場合は間に合わないから、無理をしてかつおぶしを削ることになる。しかし、無理をすることは味が死ぬことになるのであるから、生きた味を出すためには、よく切れる鉋にかぎるのである。

鉋を持ってないひとがいたら、ここで一奮起して、大工の使用している鉋を購入するようお勧めしたい。大工の鉋一つ買うことは、値段からいっても高価ではないし、生涯なくなるものでもないのだから、不経済にはならない。要は研げないと頭からきめてかからずに、インチキ鉋の使用を一刻も早くやめる必要があろう。

さて昆布だしのことは、東京では一流の料理屋以外はあまり知らないようだ。これは、東京には昆布を使うという習慣が昔からなかったからだろう。昆布のだしは実に結構なものであって、魚の料理には昆布だしにかぎる。かつおぶしのだしでは魚の味が二つ重なるので、どうしても具合の悪いものが出来る。味のダブルということはくどいのである。昆布をだしに使う方法は、古来京都で考えられた。周知のごとく、京都は千年も続いた都であったから、実際上の必要に迫られて、北海道で産出される昆布を、はるかな京都という山の中で、昆布だしを取るまでに発達させたのである。

昆布のだしを取るには、まず昆布を水でぬらしただけで一、二分ほど間をおき、表面がほとびた感じが出た時、水道の水でジャーッとやらずに、トロトロと出るくらいに昆布に受けながら、指先で器用にいたわって、だましだまし表面の砂やゴミを落とし、その昆布を熱湯の中へサッと通す。それでいいのだ。これではだしが出たかどうか、心配なさるかも知れない。出たか出ないかはちょっと汁を吸ってみれば、無色透明でも、うま味が出ているのがわかる。量はどのくらい入れるかは実習すれば、すぐにわかる。このだしはたいのうしおなどの時はぜひなくてはならない。

こぶを湯にさっと通したきりで上げてしまうのは、なにか惜しいように考え、長くいつまでも煮るのは愚の骨頂、昆布の底の甘味が出て、決して気の利いただしはできない。京都辺では引出し昆布といって、鍋の一方から長い昆布を入れ、底をくぐらして一方から引き上げるというやり方もあるが、こういうきびしいやり方だと、どんなやかましい食通たちでも、文句のいいようがないということになっている。

# 泰然自若シチュウ

宮下奈都

みやした・なつ
1967年福井生まれ。小説家。2004年、3人目の子を妊娠中に執筆した「静かな雨」でデビュー。2016年『羊と鋼の森』で本屋大賞受賞。著書に『誰かが足りない』『つぼみ』『とりあえずウミガメのスープを仕込もう。』『ワンさぶ子の怠惰な冒険』など。

若草物語の冒頭にクリスマスのシーンがある。

母親が、今年のクリスマスは贈りものをなしにしようと娘たちに提案する。戦争中の世の中には不幸が多く、クリスマスなど祝う気分ではない、というのがその理由だ。

四姉妹と母親はその後、貧しくてクリスマスの準備ができない家に出向き、自分たちのクリスマスのごちそうをそっくりプレゼントする。贈りものもごちそうもないクリスマス。さまざまな理由でクリスマスを祝えない人たちを想う、子供心に残る一場面だった。

このお正月をどう迎えよう。日本じゅうに、心から新年を祝うことのできない人がいる二〇一二年の元旦を。

自粛するのは少し違う気がする。お年玉を寄付するのはどうだろう。被災地にお節をふるまうのは？

子供たちといろいろ話し合って考え、それから友人に聞いてみた。友人は仙台にいて、被災した。夏の盛りの頃まで何か月も不便で不自由な生活を強いられていた。

「今度のお正月？　うーん、特にしてほしいことは思いつかないな。普通のお正月がいいよ」

彼女は淡々といった。

「うちはだいじょうぶ、みんな生きてるから」

彼女の口から出るだいじょうぶという言葉は、なだらかでだだっぴろい野原を思わせた。彼女の息子は、震災以降、耳が聞こえない。精神的なショックのせいらしい。それでも、たしかに生きている。だいじょうぶという名の野原で、兎みたいにぴょこんと耳を立てて回復のときを待つ幼い男の子の姿が見える気がした。

「とりあえず、お正月は帰っておいでよ。おいしいシチュウつくって待ってる」

「なんのシチュウ？」

いろんな豆と野菜をたっぷりことこと煮込んでつくるシチュウだ。お皿に一杯食べ終える頃には、お腹の底から温まってゆったりとした気持ちになれる。

「泰然自若シチュウっていう名前だよ」

「ああ、いいねえ」

彼女が電話の向こうで笑った。

# わが工夫せるオジヤ

## 坂口安吾

さかぐち・あんご
1906年新潟生まれ。小説家、評論家、随筆家。第二次世界大戦後、新戯作派、無頼派の一人として活躍。純文学作品だけでなく、歴史小説や推理小説、評論・随筆も数多く手がけた。著書に『堕落論』『白痴』など。1955年没。

私は今から二ヶ月ほど前に胃から黒い血をはいた。時しも天下は追放解除旋風で多量のアルコールが旋風のエネルギーと化しつつあった時で、私はその旋風には深い関係はなかったが、新聞小説を書きあげて、その解放によって若干の小旋風と化する喜びにひたった。その結果が、人間に幾つもあるわけではない胃を酷使したことになったのである。

私は子供の時から胃が弱い。長じて酒をのむに及んで、胃弱のせいで、むしろ健康を維持することができたのかも知れない。なぜかというと、深酒すると、必ず吐く。ある限度以上には飲めなくなるから、自然のブレーキにめぐまれ、持ち前の耽溺性を自然防衛してもらったという結果になっているらしい。

今度血を吐いたのは、深酒というよりも、ウイスキーをストレートで飲む習慣が夏からつづいて、その結果であったと思う。強い酒をストレートで飲むのは、胃壁をいためる第一の兇器と知るべし。直後に水を飲み飲みしても役に立たない。水の到着以前に生《き》のウイスキーが胃壁に衝突しているから。飲用以前に、タンサンか水で割るべきである。同じことのようでも手順が前後すれば何事につけてもダメなものだ。

血を吐いたのは三度目で、そう驚きもしなかったが、少し胃を大切にしようと思った。酒に比べると煙草の方がもっと胃に悪い。しかし、煙草も酒もやめられない。酒は催眠薬にくらべると、よほど健康なものだ。催眠薬というものは、寝てしまうと分らぬけれども、起きていると、酒と同様に、あるいは酒以上に、酩酊するということが分るのである。のみならず、アルコール中毒は却々《なかなか》起らないが、催眠薬中毒はすぐ起る。そして、それは狂人と同じものだ。幻視も幻聴も起るのである。私は疑っているのだ。神経衰弱の結果、妄想に悩んだり、自殺したりすると云われているのは、たまたま軽微の不眠に対して催眠薬を常用するようになり、益々神経衰弱がひどくなったと当人は考えているが、実は催眠薬中毒の場合が多く含まれているのではないか、と。

だから、眠るためには、催眠薬は連用すべきものではない。アルコールでねむることが、どれぐらい健全だか分らない。私が自分の身体で実験した上のことだから、そして、いくらか医学の本をしらべた上のことでもあるから、信用していただいてよろしいと思う。然し、私の言っているのは、酒を催眠薬として用いてのことで、それ以上に耽溺しての御乱行については、この限りではない。

私はピッタリ催眠薬をやめたから、仕事のあとで眠るためには酒にたよらざるを得ない。必需品であるから、酒を快く胃におさめるために、他の食物を節しなければならない。なぜなら、私は酒を味覚的に好むのではなく、眠り薬として用いるのであり、それを受けいれる胃袋は、益々弱化しつつあるからである。

私は二年前から、肉食することは一年に何回もないのである。それまでは、特にチャンコ鍋（相撲とりの料理で、いろいろの作り方があるが、主として獣肉魚肉野菜の寄せ鍋のようなものである）を愛用していた。そのうちに、鍋の肉は食う気がしなくなり、人に中身を食べてもらって、あとの汁だけでオジヤをつくって、それだけを愛用するようになった。スキヤキにしても、肉は人に食ってもらって、ゴハンに汁だけかけて食う。肉の固形したものを自然に欲しくなくなったのである。魚肉もめったに食べない。稀にウナギを食う。一ヶ月に一度、雞《とり》の丸焙《ロチ》りの足の一本だけ食う。又、稀に肉マンジュウを食う。この二年間、肉食といえば、それぐらいだ。ロチを一ヶ月に一度食うというのは、私の誕生日は十月二十日であるが、女房はそれを二度忘れていた。むろん私は忘れている。で、女房思えらく、毎月二十日にロチを食わせておけば亭主の誕生日を思いだすにも当らないや、というわけで、そこで雞屋に予約してあるから、雞屋は毎月ヒナ雞を丸々とふとらせ、二十日になると届けてくれる。女房は忘れているが、雞屋は忘れることがない、という次第で、したがって、わが家の客人は毎月二十日にくるのが一番割がいいのである。そのほかの日は甚しく御馳走がない。主人が菜食であり粗食だからだ。

二ヶ月前に血を吐いてからは、一ヶ月間酒をやめた。同時に、かたい御飯をやめた。もっぱらオジヤ。まれに、パン、ソバ、ウドンである。そして、酒は再びのみはじめたが、御飯は本当にやめてしまった。それで一向に痩せないのである。朝晩二度のオジヤもごく小量で、御飯の一膳に足りない程度であるし、パンなら四半斤、ソバはザル一ツ、あるいはナベヤキ一ツ。それで一向に痩せない。間食は完全にやらない。ミルクもコーヒーものまない。

そこで私は考えた。毎晩のむ酒のせいもあるかも知れぬが（寝酒は三合、それに時として黒ビール一本追加）オジヤの栄養価が豊富なのだろう、と。そこで、病人の御参考になるかも知れないから、小生工夫のオジヤを御披露に及ぶことにします。このオジヤの工夫以前はチャンコ鍋やチリ鍋のあとの汁でオジヤを作っていたが、これを連用して連日の主食とするには決して美味ではない。すくなくとも、毎日たべて飽きがこないという微妙なものではないのである。なんといっても、一番微妙な汁といえば、スープであるから、それを用いてオジヤを作らせてみた。そして、二三度注文をだし手を加えて、私の常食のオジヤを工夫してもらッたのである。それ以来一ヶ月半、ズッと毎日同じオジヤを朝晩食って飽きないし、他のオジヤを欲する気持にもならない。

私のオジヤでは、雞骨、雞肉、ジャガイモ、人参、キャベツ、豆類などを入れて、野菜の原形がとけてなくなる程度のスープストックを使用する。三日以上煮る。三日以下では、オジヤがまずい。私の好み乃至《ないし》は迷信によって、野菜の量を多くし、スープが濁っても構わないから、どんどん煮立てて野菜をとかしてしまうのである。したがって、それ自体をスープとして用いると、濃厚で、粗雑で、乱暴であるが、これぐらい強烈なものでもオジヤにすると平凡な目立たない味になるのである。

このスープストックに御飯を入れるだけである。野菜はキャベツ小量をきざんで入れる。又小量のベーコンをこまかく刻んで入れる。そして、塩と胡椒で味をつけるだけである。私のは胃の負担を軽減するための意味も持つオジヤであるから、三十分間も煮て御飯がとろけるように柔かくしてしまうというやり方である。

土鍋で煮る。土鍋を火から下してから、卵を一個よくかきまぜて、かける。再び蓋をして一二分放置しておいてから、食うのである。このへんはフグのオジヤの要領でやる。

オカズはとらない。ただ、京都のギボシという店の昆布が好きで、それを少しずつオジヤにのッけて食べる習慣である。朝晩ともにそれだけである。

酒の肴も全然食べない。ただ舐める程度のもの、あるいは小量のオシンコの如きものを肴にする程度。世にこの上の貧弱な酒の肴はない。

ついでにパンの食べ方を申上げると、トーストにして、バタをぬり、(カラシは用いず)魚肉のサンドイッチにして食べる。魚肉はタラの子、イクラ、などもよいが、生鮭を焼いて、あついうちに醤油の中へ投げこむ。(この醤油はいっぺん煮てフットウしたのをさまして用いる)三日間ぐらい醤油づけにしたのを、とりだして、そのまま食う。これは新潟の郷土料理、主として子供の冬の弁当のオカズである。この鮭の肉をくずしてサンドイッチにして用いる。又ミソ漬けの魚がサンドイッチに適している。魚肉とバターが舌の上で混合する味がよろしいのである。然し要するに栄養は低いだろう。

以上のほかには、バナナを一日に一本食うか食わずで(食べない日が多い)それで痩せないのである。病的にふとっているのとも違う。だから小生工夫のオジヤに栄養が宿っていると思うのだが、大方の評価では、どんなものであろうか。とにかく小生の主観ならびに主として酔っ払いの客人の評価によると美味の由である。最後に、誤解されてお叱りを蒙《こうむ》ると困るから申添えておくが、オジヤを食い、肉食間食しないのは私だけで、家族（犬も含めて）は存分にその各々の好むところを飽食しているのである。

# ミキサーでスープ

## 吉沢久子

よしざわ・ひさこ
1918年、東京生まれ。生活評論家、随筆家。著述だけでなく、ラジオ、テレビ、講演など幅広く活躍。著書に『増補　新おつきあい事典』『伝え残しておきたいこと』『ひとりで暮らして気楽に老いる』『老いて「新しい自分」と出会う』など。2019年没。

ファイバーの効果がいわれはじめてから、ちょっとドロッとしてもミキサーで作ったジュースを飲もうという人が増えているとか。

生ジュースではなく、私はゆでた野菜をミキサーにかけて、ミルクやクリームで薄めてポタージュを作る。例をあげると、じゃが芋とにんじん、玉ねぎをやわらかくゆで、ゆで汁もいっしょにミキサーにかけ、温めながら程よいとろみになるまで牛乳を加える。材料の分量は好みだが、私はじゃが芋三、にんじん一、玉ねぎ一というくらいの割がいちばんおいしいと思う。ほかに、セロリとかパセリ、クレソンなどを少し香りに入れるとよいし、生でみじん切りにしたのを盛り付けてからのせてもいい。クルトンを浮かしてもおいしくなる。好きな人は粉チーズ、生クリームを少し加えるといっそうおいしくなる。

同じ作り方で、ほかにかぼちゃ、百合根《ゆりね》、白いんげんなどもおいしい。野菜と牛乳をいっしょにとれるので、いろいろな野菜をためして、自分がおいしいと思ったものを、料理ノートに加えていくとだんだんレパートリーが増えていき楽しい。もちろん野菜以外も。

# 三月の章（抄）

水上勉

みずかみ・つとむ
1919年福井生まれ。小説家。1959年『霧と影』で本格的な作家活動に入る。1961年『雁の寺』で直木賞、1977年『寺泊』で川端賞、1983年『良寛』で毎日芸術賞を受賞。著書に『金閣炎上』『土を喰ふ日々』など。2004年没。

ふとこの高野豆腐のことで思い出すことがある。数年前だったか、イギリスの劇作家アーノルド・ウェスカー氏が、演出家の木村光一さんにつれられて、拙宅へみえたことがあった。その時刻はかなりおそく、夕食時をすぎていたので、ほんの箸よごしの酒のつまみを考えつつ、献立につとめたが、材料がなくて、高野豆腐を煮てさしあげた。すると、ウェスカー氏は、この豆腐をひどくめずらしがり、自国語

で何かペラペラといった。通訳嬢がわきから、

「水上さん、このスープの名称を教えて下さい。ウェスカー氏は、いたく、この味つけが気に入ったご様子です」

「ノー、スープではありません」

とぼくはすぐに声をあげた。

「これは高野豆腐というもので、ちゃんとした煮ものであります」

通訳嬢は、スープではないと告げた。

「ノー、おいしい、スープ、おいしいスープ」

ウェスカー氏は、スープだといってきかなかった。さし詰めおつゆがおいしいというのだろうか。この劇作家の故郷では、この種のものはスープのだしにするものか。高野のざらついた舌ざわりは、だしガラのイメージであるか。ぼくははなはだ心外で、

「ここにあるトーフは、そこらにある豆腐ではなく凍み豆腐といい、北国産の、きわめて、酷寒の下でつくられる特殊な技法による貯蔵食品である。したがって、これは、スープとして味をたしなむものではなく、甘辛よろしきを得た味つけによっ

て、豆腐自体にしみこませ、これを賞味するのが本道であって、スープはたんなる煮もの汁にすぎない」

といった意味のことを通訳嬢を通じてしゃべってもらったところ、

「ノーノー、ジスイズスープ」

とウェスカー氏はスープを固持してやまなかった。ご存じのとおり、ウェスカー氏は、名作戯曲をいくつかもつ。とりわけて彼の処女作は「調理場」といい、都会食堂の調理場を舞台全面に現出して、そこで働く、調理係たちの日常と人生を重層性をもって描いて、都会食堂における料理というものが、そのシステムの残酷さによって、調理人たちの生をゆがめてゆく、ユニークな視点がおもしろい作品である。ぼくもこれを木村光一演出の紀伊國屋《きのくにや》ホール上演のを観ていたし、ウェスカー氏が、コック出身の作家でもあることも知っていたけれど、高野豆腐スープ論にだけは服従しかねたのであった。この時の、スープ論争は、英文学者小田島雄志氏をいたくおもしろがらせ、氏はこの様子をどこかの新聞のコラムで紹介されていた様子だが、誰にどういわれても、ぼくは、高野豆腐をスープガラにしては、生命はあり得ないと信じている。

ウェスカー氏は、しかし、帰りがけに、ぼくが土産にもたせた高野豆腐をしっかりとケースにしのばせ、

「ミスター・ミナカミ、サンキュウ」

といった。よほど、スープガラがうまかったとみえる。

# 何もかもわずらわしいなあ、と思う日に

小林カツ代

こばやし・かつよ
1937年大阪生まれ。料理研究家。親しみやすく現代的な家庭料理のスタイルを確立し、幅広い層に支持された。著書は200冊を超え、テレビにも多数出演。著書に『小林カツ代のらくらくクッキング』『料理上手のコツ』など。2014年没。

あーあ、わずらわしいなあ、と思うことありません？

生きていく、生活していく、暮らしていく、という中で出会うもろもろのこと、人間関係、幸せな家庭すらもわずらわしいと思うことってないかしら？

私はあります、大いにあります。もうみーんな捨ててどっかひとりでツツツと生きていきたいなアとか。

たとえば、衣類の整理か何かをゴソゴソやってるでしょ。古い洋服なのに布地が良くて捨てられないとか、これは想い出の服だとか、買ったものの気に入らなくてまったく着ないとかいうのがいろいろと出てくるわけですよ。そして毎回「もう捨てなくちゃ」と思うのに、やっぱりだめで、また元へ納めると、結局、ほとんど整理前の状態にもどります。

そんな時、必ずため息をつきます。こんなものほんとに必要なんだろうか？　はだかんぼで生まれてきた私が、なんでこうモノにかこまれているんだろうか……と。

友人のY子がある時、

「私ねエ、時々もう夫も子どもも家も何もいらない。気に入った本がいっぱいつまった本だなだけはあるアパートの四畳半か何かで、ヨレヨレのジーンズと、洗いざらしの木綿のシャツを着た私がたったひとりで暮らしていく、それが、ほんとの私じゃないかなアって思うの」

私の家が二軒入りそうなほどの広いすてきな家と、かわいい二人の子どもがいて、やりがいのある仕事を持ち、まさに絵に描いたような幸せ家庭を持つY子なのに、ぽつーんとそういったことがありました。

今、それこそ悲しいことや、つらいことを背中にしょって生きている人がこれを聞いたら、なんて贅沢な、幸せすぎて、豊かすぎて、だからそんな悩みが出るのだわ、と、あきれはてるかも知れません。

でも私は、自分の現在の生活を多少なりとも懐疑的、客観的に見る目は失いたくありません。

現実には、家族との幸せな暮らしより、ヨレヨレジーンズと洗いざらしのシャツの生活のほうがいいかどうか疑問だけれど、Y子のいうそれはひとつのたとえであって、人間誰しもが、現在の生活をああわずらわしいなア、抜け出したいなアとの思いを、時として持つことがあるのではないかしら。まして、人間関係がギクシャクしてきたり、いやなことがあったりすると、ほんとにわずらわしくて、ここから抜け出てどっか遠くへ旅したいとか、違う世界へいってみたいとか思うのではないかしら。

だからといって、気軽にスイスイどっかへ蒸発してしまうかというと、それはなかなかやらない、そこがいいんですねエ。人間関係の、こまごましたわずらわしさの中で、それでもやっぱり生きて、働いて、暮らしていく。

あなたも、職場の中で、家庭の中で、さまざまのわずらわしさにもまれることがあるでしょう。そんな時、やっぱし逃げ出さないでおきましょうよ。そこでじっくりと料理でも作ってといいたいけれど、それもわずらわしいのであれば、ぱあーっと作ってじっくり味わうものにしましょうか。

オニオン・スープは自分で作ると素晴らしくおいしくて、寒い寒い日にこれをのむと、この世にこんなおいしいスープがあるだろうかと思うほど好きなスープなんだけど、なにせ膨大に時間を使わなければなりません。

だから、ま、わずらわしいな、逃げ出したいなアと思う日には、少《すこ》うし不向き。そこで缶詰やレトルトパックなどを使っちゃう。作り方はカツ代風にプラス・アルファァするやり方で。

缶詰のでも、ちょっと手を加えると実においしい。一さじずつゆっくりゆっくりスープを口に運んでいると、〝**オニオン・グラタン・スープ**〟というのは、なぜかほんとに幸せ感をもたらします。

胃の中がぽあーとあったまってくるとね、この今の、自分の居場所が一番良いな、こんなおいしいものゆっくり味わえるこの状況、いいな、おいしいな、あったかいな、ときっと思えてくるでしょう。
さて、私も今から作ろうっと。今日は缶詰であります。

**●オニオン・グラタン・スープ**

**材料（4人分）**

オニオン・スープ　1缶
水　3カップ
玉ネギ　2個
バター　大サジ2
ベイリーフ　1枚
ピザチーズ　1／2カップ
フランスパン　4枚
塩、コショウ　各少々

**作り方**

①玉ネギは繊維を断ち切る切り方で薄切りにし、バターで時間があればじっくり、なければサササと炒める。
②①に水とオニオン・スープとベイリーフを加えてコトコト20分くらい煮る。量が足りなければ水をふやしてもよい。
③玉ネギがやわらかくなったら、味をみて塩、コショウでととのえ、耐熱性の器に分け入れ、薄く切ったフランスパンを浮かべ、その上にチーズをたっぷりのせる。
④オーブンに入れ250度にして、チーズがおいしそうに焼けたら出来上がり。スープさえ熱くしてあれば、オーブン・トースターでも出来ます。

※ガーリック・トーストを添えましょう。ガーリック・トーストは、好みの厚さにスライスしたフランスパンか食パンに、トーストしたての熱々のうちにバターをぬる。そこに、にんにくを2つに切った面をジャジャジャッとこすりつけて出来上がり。

オニオン・スープは缶でなくレトルトパックでもできます。

# ブイヤベースの黄色 ● 三宅艶子

みやけ・つやこ
1912年東京生まれ。小説家、評論家。おもな著作に『愛すること愛されること』『ハイカラ食いしんぼう記』など。結婚により一時阿部艶子を名乗るが、その後旧姓の三宅艶子をペンネームとした。1994年没。

昭和通りに新しく出来た「味の素ビル」の八階の「アラスカ」に、私たちは萩原夫人とその息子さんと四人で行ったときがある。一、二年前たまたま大阪の「アラスカ」に行った時、そこの料理や給仕する人の様子がひどく気にいって、「東京にないものはアラスカだけだ」などと言っていた矢先のレストランだった。

東京のアラスカに最初に行ったのは原さんと一緒だったと思うが、誰と誰がいたか、何を食べたかなんにも覚えていないほど、なにかがやがやした食事だった。二度目のアラスカのその日は、後で思えばいっそう奇妙な「お食事」であった。

萩原さん親子と、私たちはそんなに親しくはない。ほんとうはもう一組親類の夫婦を招《よ》んでいたのだが、急に風邪で熱を出したかなにかで来られなくなった。その人たちが萩原さんと親しい親類という間柄なので、六人集まれば話もはずむわけだったのだ。

大きなメニューが四冊、それぞれの前に配られた。「どういうものがいいでしょうか」と、夫が夫人にとも息子さんの方にともつかず訊いた。「そうねえ」としばらくはメニューを眺め、誰も「なに」とは言わなかった。

「ブイヤベースなんかは……」と夫が言い出した。私はいやだな、と思ったけれど黙っている。「そうねえ、この店は初めてだから知らないけれど、ブイヤベースはいいな、いただきましょう」と萩原さんが言った。「そうね、ブイヤベースならあたくしも」と萩原夫人。私は嫌いだからいやだなと思ったのではない。好きも嫌いも食べたことがなかった。私はどこに行っても「前から知ってるもの」が好きなのだ。でも今日はお客様にならった方がいいのだろう、と「私も」と言った。

夫はつい先日どこかできいて来た話に「カタロニアのブイヤベースやマルセーユのよりずっとおいしいんだって」などと言っていた。私は知らない土地の知らない名前の料理に興味がなく、聞き流していた。その時から夫はブイヤベースに気をとられていたらしい。でも「ここのはカタロニア風かね」などとは言わず「じゃスープは」と言う。「ブイヤベースとじゃ、スープが二重になりますよ」と萩原さんが言い、夫は急いで前菜の相談をした。普通のオードゥーヴル・ヴァリエでなく、何か複雑なことを萩原さんと喋っていたが、私にはわからない。

「お飲みものは」とボーイが訊く。「白ワインですね」と言いながら、夫はワインリストを読み、「どうぞお好きなのを選んで下さい」と、萩原さんにリストを渡す。なんとかという白ぶどう酒にきまったらしい。サラダも私の知らない混み入った名前のものをたのんでいた。

少し前に萩原さんのところに「おひる」に招ばれたことがあった。息子さんは（おつとめ時間だから）留守で、私たち二人と夫人、三人の食卓だった。コンソメのスープとかれいのようなお魚のムニエルと、さまざまとりあわせた野菜だった。ロールパンでなく、かりかりに焼いた薄いトーストだった。二十五、六ぐらいのお手伝いさんが黙って順序よくサーヴィスした。

　夫人は家庭の主婦がお客におひるを出しているふんいきがミジンもなく、女王様のように食卓にいて、私たちとなにか会話をしているだけ。なるほど音にきこえた萩原夫人、と私は舌を巻いて驚くという言葉通りに感心した。お皿が片づいて、ドゥミタッスの珈琲が出た。そのドゥミタッスと同じ陶器の鉢にりんごが盛ってあり、同じ模様のお皿を三枚、お手伝いさんが静かにめいめいに配る。

「どうぞ、りんごを召上れ、これ青森から昨日届いたものよ」と夫人は私たちにすすめながら自分も一つとった。よくみがいてある銀の果物ナイフとフォークは、さっきから三人の前に置かれている。それを手にとった萩原夫人は、左手のフォークでりんごをおさえ、右手のナイフでしゅっと二つに割り、それをもう一度四つ割にすると、フォークで一きれを刺して向きを替え、右手のナイフで芯を器用に切り落してから、そのまま皮をむいた。そしてフォークにさしたままのりんごをお皿にちょっと置きながら、ナイフでもう一度小さく切りながらフォークで口にいれた。私はあまりの見事さに、ついついその動作を追って見とれてしまった。

　私はりんごを自分流にナイフで四つに切り、芯をとって皮をむいたけれど、こんどうちであんな切り方を練習して見たいと思った（でも一度や二度ではとてもうまく行かないとわかってあきらめた）。あんなに上手にナイフとフォークを使うのは、小さい時日光のホテルで見た、とうもろこしの粒をおとす西洋人だけだ、と私は思った。あれよりずっと上だと私が萩原夫人を感心したのは、「どう？　私のマナー」などというふんいきを一つも見せずに、ほんの少し退屈しているような、ほんの少しつまらなそうな態度をしていたからだ。

ボーイが前菜を持って来た。とりのパテというようなもの（多分とりではなく野鴨かうずらか）とゆで卵をどうかした（珍しいソースを黄身にまぜたか）ものと、きゅうりやセロリなど。すてきなオードゥーヴルだった。

その時、別のボーイが銀の氷バケツにワインの壜《びん》をいれて持って来た。傍らの台にのせて、今にもワインの栓をぬきそうになった時、「キミ、そんなことをしては困るよ」と萩原さんの鋭い声がとんだ。

「われわれは、ブイヤベースをたのんだんだよ。そのためにそのぶどう酒を注文した。今から持って来られては冷え過ぎる。早く、氷から出し給え！」と萩原さんが言う。私はボーイよりも身がすくむ思いであった。

「ほんとうに、日本の給仕は料理と酒の関係がわからなくて」と萩原さんは言った。多分ギョッとしたのは、一番に夫だろうと、私は思った。

メニューの選び方と料理の注文のしかたが上手だ、と感心したのが、（大げさに言えば）私と夫の恋の始まりと言えないこともなかったのだ。夫は少しきばって食事をする時には必ずベルモットの類の食前酒を飲む人だ。このごろはそんなにお金がないせいか、それによく一緒にごはんを食べる友達の原さんがお酒を（どんなにアルコール度が低くても）飲めないので、たいていは食前も食中もなく、ビールばかりの時が多かった。それでさっき「お飲みものは」と訊かれた時、普通なら、「まずサンザノだな」とわざとCINZANOをフランス語読みで言うところなのだが、有名な（粋《シック》な未亡人として）萩原夫人と、レジョン・ドヌールを持つ若い萩原さんの二人の前では、遠慮してワインリストを渡してお客に選んで貰ったのに違いない。

ギョッとしたのは、どういう恥をかいたわけでもない。いつも隙《すき》もなくお洒落な夫が、自分のアキレス腱《けん》を見せられた気分ではなかろうか、と思ったのだ。

夫は絵描きになる前、外交官になりたかったのだという。中学は府立一中だった（一中、一高、東大というのがその頃の外交官の順路とされていた）。それで一高を受けたが落ちてしまった。次の年は三高に落ち、次の年に慶応の文学部にはいった。夫の父親は「なんだ、こんどは鎌田の学校にはいったのか」と言ってがっかりしたという話を私はきいた。鎌田栄吉という人がその頃の慶応義塾の学長だったからだそうだ。

一方、萩原さんは暁星、一高、東大で、大学卒業の一年前に外交官試験を通り、フランス語が大変よく出来たために、すぐ就職してすぐフランスに行かされた。修行中の二年間ぐらいは外交官としての仕事よりまず語学なのだそうだ。田舎に三年だか二年だかこもり切りでは、どんなにフランス語がうまくなったことだろう。

夫が若い外交官（自分がなれなかった）にコンプレックスを感じたのはよく判るが、私にはもっと大きな、なんと言ったらいいのか「想い」があった。

私が萩原さんに会ったのは、このアラスカの日より半年か一年ぐらい前にたしか有島生馬氏に招ばれたパーティでだった。どこかの個人の家で、お客はみんなタキシードとイヴニングドレスを着ていた（私も、夫も）。お母さんの萩原夫人はもっと前から、よく有島さんの家で見て、知っていた。

踊って下さい、と私のそばに来た人があった。さっき、「萩原さんの坊ちゃんよ。

アベさんの奥さまのツヤコさん」と有島夫人に紹介された人だった。いろんな人と次々踊っているから、なんとも思わずに踊りの中にはいって気がつくと、なんともダンスがうまい人だった。私が出来ないようなステップでも、気がつくと私は上手に踊っているではないか。曲が終ると、すぐもう一度踊った。私がこの人は下手だと思うような人は、向うも踊りにくいらしく、一度で「どうもありがとうございました」とていねいに前にいたところまで送り返されてしまうのだけれど、二度つづけて踊った、と私はそっと喜んだ。

二曲目が終ると、パソドーブルが始まった。萩原さんはまた踊ろうとする。「私パソドーブルは踊れないの」と言うと「大丈夫、同じことですもの」と言い、もうからだは動き出していた。そして、「今パリではこれが流行《はや》りたてで、大変」とも言う。「今パリではというのならつい最近に日本に帰った人なのだな」と私は一人で思う。「ほら、踊れたでしょう?」と萩原さんは微笑《ほほえ》んだ。

一休み、と言って踊りの中から外れると「なにか飲みに行きましょう、喉がかわいた」と萩原さんは私をバアの方に連れて行った。そして「何が」とも訊かずに、ソーダで割ったウイスキーのタンブラーを二つ手にすると、隣のベランダの方に行った。そこで二人で立ったまま飲んだウイスキーソーダの味は、忘れられないほどおいしかった。

その時、フッと気がついたのは、萩原さんのタキシードの襟に、赤い木綿糸かのように見えるものがついていることだった。びっくりした。この赤い糸にしては太いと思われるものが、レジョン・ドヌールの略章だということを知ったのは、私の結婚式の日。

十何年振りで帰国したフジタが出席して、媒妁の下村海南氏のつぎに祝辞を述べてくれた。その時、フジタは小豆色《あずきいろ》の背広で、モーニングやタキシードの多い客の中でそのいくらか派手な服装が目立っていた。その襟に赤い糸のようなものが二センチほどついている。私はおどけることが好きなフジタが胸に糸くずをわざとつけて来たのかしらと思ったことであった。後で、それがレジョン・ドヌールで、本章はよっぽどの時にだけ身につけるので、ふだんは略章だと、夫がおしえてくれた。そして、「日本の勲章の略章はバッジみたいでスマートじゃないけれど、フランスは洒落《しやれ》てるねえ」と言った。私は日本のだって見たことがないと言ったら、ある日父親の勲何等かのものを見せてくれた。

勲章なんて、お爺さんになってから貰《もら》うものだと思っていた。フジタはあんなに偉い画家だから五十くらいで貰えたんだ、とも思っていた。「どうして二十六、七の若い萩原さんが」と私はびっくりして、ウイスキーソーダが体の中を動いているような気がした。もちろん、そういう時私は「それ、どういうことでお貰いになったの？」などと訊くことはない。黙って何も気がつかないふりをする。

私は赤いレジョン・ドヌールの略章と、ダンスがあんまり上手だったことと、そしてベランダの脇のバアに誘って濃いウイスキーソーダを飲ませられたことで、萩原さんにすっかり熱をあげた。どうしようというのではない、ただ「好きだ」と思いつめてしまった。「萩原さん」とつけば、なんでも小耳にはさみたかった。それでわかったことは、勲章はなにか条約のことで若いのに大変功績があったのでフランス政府が授与した、ということ、今熱烈に好きなひとがいるけれど、その人は人妻なのでお気の毒だということなどがわかった。どこかのパーティで萩原さんを見かけた時、「あ、うれしい」と思う間もなく彼はその熱烈に好きな女性らしい人と一緒だった。私に挨拶はしても一度も踊らず、パーティが済まないうちに「お母様、ちょっと送って行きますから」と萩原夫人に挨拶をして早々に引き上げてしまった

（アラスカのもっとあとで無事その女性と結婚した）。

私は「いいわ、踊ってくれなくても、もちろん好きになってくれなくても、いつか一生のうちにはきっと一晩、何時間か、何分か、二人きりでごはんを食べて話をする機会を絶対に作るから。それだけは必ずつくるから」と、魔女のように念じたものだった。「あのくらいフランス語が上手であのキャリアなら、じきにどこかの大使になるはずだ。そう、パリよりも先にオランダあたりの大使にならないかしら。アムステルダムの運河の見える、すてきなレストランがきっとあるに違いない」などと、魔女にしては実際的なことをあれこれ考えるのだった。

そんなときに、何のわけだったか、夫が萩原さん親子をごはんに招ぶ、と言い出しての、アラスカだった。

ブイヤベースが来るまでに何分かかったか知れないが、私が時々合槌を打ったり「まあ、どうして？」というぐらいの口数で、一人考えごとをしていても誰にも気どられることはなかった。

氷のバケツにはいった白ぶどう酒が再び姿を現わした。別のボーイがたくさんの、ふたのついた金属の食器を持って来た。一人一人の前にそのふたものは置かれた。

ワインのコルクがぬかれて、白ぶどう酒がみんなのグラスに注がれる。ふたもののふたをとると、中はまだ動いているかのように熱そうだった。

「こりゃあ何とかだ」伊勢海老かと私が思った海老をお皿にとりながら、萩原さんは、アペリティフなしで早く来た白ぶどう酒の御機嫌も少しは直ったようだ。りんごを妖精《フェアリー》のように剝《む》く萩原夫人も、もとは漁師の料理というブイヤベースにはかなり荒々しくフォークを操り、話題のとぼしいこの席も少しは活気を呈して来た。

「いいほうぼうを揃えているわねえ」と萩原夫人が言う。「ほうぼうって、赤ん坊のお七夜に食べる魚じゃないかなあ」「あらアベさん、妙なことをご存じね」と夫人が笑う。

　私は一番食べやすそうなものから手をつけ始め、スープをすくって口にいれた。

「あ、あの匂い！」私は口に出さないけれど、大声で叫びたい気分だった。スプーンから口の中に流れるスープの匂い。そしてスープの少し黄色っぽい色。これは日光で、お母さまが向うの森の中のホテルにフランス大使のお招ばれだったとき、さぶちゃんと部屋の中で食べた、あの黄色いごはんの匂いだ！

　夫のコンプレックスへの同情も、私の物想いも、みんな吹き飛んで「わかったわ！　あの匂い」と叫びたかった。

でも、デザートに輸入のハネーデューメロンを（今では空輸のアメリカ物も、日本のメロン農家でつくっているおいしい物も、ハネーデューなどそんなにひとはありがたく思わないが、あの時分は船で太平洋を渡って来た）食べ終る頃に、私はまた憂鬱になって来た。「この、黄色い香料はなんという名前なんでしょう」と素直にきけないからだ。私はそんなことを萩原さん親子にきくのが、どうしてもいやだった。

家に帰ると、夫が「疲れた」と言った。私はだまって本棚のある部屋にはいり、本を探し始めた。たしか「あなたの夫を満足させるには」という題の英語の本があったはずだ。ひょっと題が面白くて丸善で買ったアメリカの実用書。あれはフランス料理の英訳本だった。ごとごと探しているうちに出て来た。私は細かい目次を一所懸命に探した。「ABC順に並べてあればBだからすぐなのに」とぶつぶつ思いながら。

あった。Bouillabaisse。作り方、材料、わかった。スパイスはサフランて書いてある。サフラン、サフランなんですって!!　と私は叫ばずに、黙って作り方を読んだりし始めた。弟と二人の子供のときの匂いがわかったのを、なんにも夫にかくすことはないのに、何だか言いたくなかったのだ。

# コンソメスープの誇り

稲田俊輔

いなだ・しゅんすけ
鹿児島生まれ。料理人、飲食店プロデューサー、作家。南インド料理店『エリックサウス』を展開するほか、執筆作品も多数。著書に『おいしいものでできている』『ミニマル料理』『料理人という仕事』『異国の味』など。

古い時代の飲食店のメニューを眺めるのが好きです。特に昭和の高度経済成長期からバブル時代が始まるまでの間くらい。日本が徐々に豊かになっていく時代の中で当時の飲食店は、昔ながらの伝統を引き継ぎつつ新しい試みに積極的に取り組んでいた様子がそこからは見て取れます。それは形を変えながら現代まで引き継がれたものもあれば、いつのまにか歴史の渦の中にひっそりと消えていったものもあります。当時の時代背景やお客さんが求めるものも今とはずいぶん違うのも興味深いところです。

例えば一九六〇年代くらいまでは、鶏肉が高級品でした。牛肉料理が豚肉料理より幾分高価なのは今と変わりませんが、チキン料理はそれより高いことが多かったようです。チキンソテーがポークソテーより高かったり、ビーフカレーよりチキンカレーが高かったりするメニュウ表を眺めているとなんだか不思議な気がします。さらに時代を遡ると卵も高級品です。「フライエッグス」すなわち目玉焼き（おそらく卵二個分）がどうかするとカツレツやメンチカツと同額くらいの堂々たるご馳走です。逆にフィッシュフライは多くの店で最安値のメニューで、肉や卵はご馳走だったけど魚はあくまで庶民的な食材だった当時が偲ばれます。

そんな中でちょっと意外なのは、スープ、特にコンソメスープの値段の高さ。カツレツやハンバーグなどのメインディッシュとほぼ同額くらいだったりします。今の物価に換算すると、コンソメスープ一人前が千円弱くらいの感覚でしょうか。今だったらそれをオーダーするお客さんは誰もいないような気もします。というか、今ってそもそもコンソメスープがメニューに載っていること自体がほとんど無いですよね。せいぜい定食やセットに自動的に付いてくるオマケ的な扱いです。

コンソメスープというと、現代の一般的なイメージでは、顆粒のコンソメをお湯に溶いた限りなくインスタントなものか、せいぜい鶏ガラを煮出したスープでしょうか。それにハンバーグと同じだけの金額を払うことはちょっと考えられません。でも料理に詳しい人はご存知かもしれませんが、元々のコンソメ、特にビーフコンソメはたいへん贅沢な料理で、なおかつシェフの技術が問われる難しい料理でもあるのです。

僕は修業時代に一度だけ、働いていた店の料理長がそんなビーフコンソメを作るところを見せてもらったことがあります。それはまず、牛骨を香味野菜と共にゆっくり長時間煮出すところから始まります。それだけですでに半日がかりなのですが、その後料理長は意外なものを取り出しました。牛肉のミンチです。しかも、脂や筋を丁寧に取り除いた赤身だけの綺麗なミンチ、それを鍋の半分くらいが埋まるほど大量に、煮出したスープに加えるのです。せっかく長時間煮立たせないように取った澄み切ったスープはあっという間に濁ってしまいました。あっけにとられて見ていると、今度は卵白を取り出し、それを慎重な手付きでゆっくりとスープに加えます。そうするとスープは魔法のように再び澄んでいきます。卵白がミンチのアクをすっかり吸い取ってしまうというシカケです。あとはそれを布で丁寧に漉してようやく完成。ごく僅かな塩を加えて味見させてもらったそれは、確かに感動的な味わいでした。牛肉のいいところだけを抽出した、肉そのものよりむしろ濃い「肉の味」の黄金色の液体。コンソメが料理人の腕の見せどころ、というのはこういうことかと完全に納得しました。

納得はしたもののどうしても気になるのは「ダシ」を取るために使われた大量の極上ミンチです。スープ皿に一杯分のコンソメに対してハンバーグ一個分、いや、元はといえば小ぶりなステーキ一枚分の牛肉。目の前で魔法のような匠の技を見せつけられた後でも、それはいかにも勿体なく感じたのが正直なところです。自分が若かったせいもありますが、庶民感覚としては、いくらスープがおいしくてもその肉はできればその形のままで食べたかったと不届きなことを考えてしまいました。

いにしえのメニューで見かけるコンソメスープがどのようなものであったかはもはや確かめる術はありませんが、その堂々たる値付けを見ると、まさにこのように贅沢に作られたものであったであろうこともまた想像に難くありません。いったいどんな人がどんな顔をして飲んでたんだろうと思うと、行ってもたかだか半世紀ほど前の話でしかないのに、なんだかお伽噺《とぎばなし》のようです。

そんなお伽噺のようなお店が、今でも探せばどこかに存在するはずです。実は僕がとても気に入っていてたまに通う、とある下町の洋食屋さんがそうなのです。いや、それは正確に言うと過去形です。僕がその店に出会ったのが数年前、そのさらに少し前にその店ではコンソメスープをメニューから外してしまっていました。その店はなんと大正時代から百年以上続く店。コンソメスープも百年続いた後に、ついにメニューから消えてしまったということになります。今後復活することもまず無いでしょう。だから僕はその店のコンソメスープを一生味わうことはできないのです。

一生無いとなれば余計それがどういうものであったのか、どんな人がどんな顔をして飲んでいたかは気になります。さて、こんな時こそネットの出番です。コンソメスープが消えたのは五、六年前。口コミサイトの古い記事にはその時代以前のものがそれなりにありました。

どきどきしながらその一つ一つを見ていった僕ですが、しかしそれはすぐに失望に変わりました。わざわざコンソメスープを注文してそれについて言及してる人なんて誰もいないのです。そのかわり、ちょっと興味深い情報も得ました。その店では当時ランチサービスの定食に「味噌汁かコンソメスープ」が付いてきたようなのです。ただしレビューを読んでいるとほぼ全員が味噌汁を選択していました。一人だけコンソメスープを選んでいる人がいましたが、残念ながらそのスープの味については やはり全く言及がありません。それどころか「味噌汁はお椀にたっぷり、具もしっかり入っているのにコンソメスープは小さなカップに具も無くちょっぴり。味噌汁にすれば良かったと激しく後悔した」とあります。

正直なところ、それを読んで僕はイライラしました。ただでさえ安いサービスランチにしっかりした味噌汁が付いてくるのは確かに嬉しい、それは間違いない。しかし、おそらくスープの方にはそれをはるかに超える熱量が注がれていたはずです。量がちょっぴり、というのがそれを如実に物語っているではないですか! メニューにコックの魂であるコンソメスープを載せていても今時はそれを注文する人はほとんどいない、ならば仕方ない、ランチのサービスで出そう、しかしそこにかかる手間と原価を考えるとこの量が限界、そういうことです。なぜにそういうロマンを君たちは読み取らなかったのか、そんなことだからこのお店は結局コンソメスープそのものを諦めざるを得なくなったではないか、全員正座！　まあその時感じたイライラというのは、そういう身勝手な恨み節ではあります。

その店に僕は、とても素敵なカツレツを目当てに訪問します。個人的に日本で三本の指に入ると思っている絶品のカツレツです。そのカツレツはどんなにお店が暇そうな時でも、注文してから出てくるまで三十分近くかかります。カツレツは手間のかかる料理ですしそれも仕方ありません。しかし、むしろその三十分は僕にとってはありがたい三十分でもあります。なぜならその間に僕はもう一品、前菜を楽しみたいからです。もちろん一杯目のビールと共に。

前菜と言っても今となってはその店の前菜は、ハムやアスパラガスのサラダなど限られた簡単なものしかありません。しかしその簡単なサラダにもやはりどこかにキラリと光る職人の粋が見え隠れします。例えばアスパラサラダはもちろん缶詰のホワイトアスパラが主役ですが、そこに一本だけ茹でたグリーンアスパラが添えられ、しかも手作りのマヨネーズソースと共にフレッシュなフルーツもあしらわれています。まるでイマドキ流行りのフレンチビストロのような、時代が一周回ってお洒落なプレゼンテーション。そういう逸品をスルーしていきなりメインにがっつくのは勿体ない話ですし、また、最高の西洋料理たるその店のカツレツを迎えるにあたって前菜という手順を踏まないのも失礼に感じます。レストランでいきなりメインだけを頼んだりしないのと同じことです。

こんな時、幻の「コンソメスープ」がメニューにあればな、といつも思います。あればきっと、時にはサラダに代えて、あるいはサラダと両方を頼むでしょう。カツレツを堪能した後、胃袋に少しでも余裕があればライス物まで行っちゃうこともあります。カレーライスやチキンライスなど、昔風の控えめな味付けで、すでにほぼ満腹の最後を締めるにはとても良いあんばいです。できることなら最後デザートがわりにマラスキーノなんかのリキュールを、と思いますが、かつてはいくつか取り揃えていたらしい洋酒やカクテルのメニューは、残念ながら今ではすっかり消えてしまっています。

その店のオーナーシェフである現在のご主人は、代替わりしてからおよそ半世紀。

普段は「調理室」と恭しく書かれた木の扉の向こうから出てくることはまずありません。おかみさんが客席の全てを切り盛りされています。お年を感じさせない若々しいそのおかみさんから、たまにその半世紀前の話をうかがうこともあります。僕の注文の仕方を見て、そういう頼み方をするお客さんも最近はずいぶん少なくなった、とおっしゃいます。そして、昔は儲かって儲かって仕方がなかった、なんて話も笑いながらされていたことがありました。当時は従業員も何人も雇って、それでもお金が余るから全員まとめてハワイに連れて行ったこともあるのよ、と。

失礼ながら今のその店には「儲かって儲かって仕方がなかった」当時の面影はありません。来るお客さんのほとんどは、デカ盛りと安さが評判の盛り合わせ定食が目当てです。もちろん大盛りご飯と例の味噌汁も付いてきます。たまに「レトロな店特集」みたいな切り口でテレビなどで紹介されることもあるようで、それを見て訪れる若い人たちはこぞって「オムライス」だそうです。

ちなみにそのオムライスは、デミグラスソース、トマトソース、ホワイトソース、そしてケチャップを選ぶことができます。少なくともメニューにはそうはっきり書かれているのですが、ケチャップを選ぶと必ずおかみさんにたしなめられます。「せっかくウチの店に来たんだからケチャップ以外にしなさい」と。やはりひと手間ふた手間かけた洋食屋ならではのソースをまずは味わってほしい、ということですね。初めて来店してオムライスを注文する若いお客さんの多くがなぜか「ケチャップ」を選んでしまうようで、そのちょっぴり滑稽なやりとりは、その店で意外と頻繁に目にします。

何にしても、そんなところにもやっぱり洋食屋としての誇りが滲み出ているように思えて、たしなめられたお客さんには少々気の毒ですが、僕はその様子を横目で見ながらついニヤニヤしてしまいます。大正時代から続く長い歴史の中で、この店は「西洋料理店」から「大衆食堂」に少しずつ姿を変えていくことで、飲食業界の熾烈な競争をなんとか生き延びました。その中で、守り通したものと諦めざるをえなかったもの。守り通した西洋料理店としての誇りが、料理そのものにも、おかみさんのセールストークにもあらわれています。この店に限らず、そんなロマンに溢れる洋食屋が僕はやっぱり大好きです。

# ブイヤベース・ア・ラ・マルセイエーズ　長田弘

おさだ・ひろし
1939年福島生まれ。詩人。『私の二十世紀書店』で毎日出版文化賞、『森の絵本』で講談社出版文化賞、『世界はうつくしいと』で三好達治賞受賞。おもな著作に『深呼吸の必要』『記憶のつくり方』『奇跡―ミラクル―』など。2015年没。

港の魚なら何だっていい、たくさんの
魚がいい、青魚をいろいろいれたい。
それとアサリとエビと立派なハサミをもった蟹《かに》。
ブイヤベースでたいせつなのは、味と香りだ。

オリーヴ油と白ブドー酒にトマト・ピューレーを少し。
葱、大蒜、パセリの軸、月桂樹の葉、タイムと胡椒。

大さじ一杯に丘の上のノートル・ダム寺院。
それから、夜のパヴィヨン街のさんざめく味。
ミストラル、冷たく乾いたリオン湾の風。

ピエモンテ人とコルシカ人とカタロニア人と
アルジェリア人の汗、一さじのサフランを忘れちゃだめだ。
できれば機関銃の音、モンタンの唄もね。

それら全部を放りこんで長くゆっくりと煮る。
さまざまな味がぶつかって混ざって一緒になって
鍋と火が共和国の歌《ラ・マルセイエーズ》をうたいだすまでだ。

# 八十翁の京料理（抄）

丸谷才一

まるや・さいいち
1925年山形生まれ。小説家、文芸評論家。1968年『年の残り』で芥川賞を受賞。著書に『たった一人の反乱』『裏声で歌へ君が代』『忠臣蔵とは何か』『輝く日の宮』など。2011年文化勲章受章。2012年没。

東京では今どき、仲秋の名月だなんて騒ぐことはないが、さすがは京都で、その日は朝からみんなが心配してゐた。その夜わたしは、なかなかいい月見をした。創業天明八年と自慢する木屋町四条南の鳥弥三で、浅く流れる鴨川の上の満月を眺めたのである。向ふ岸をときどき京阪電車が騒がしく走り抜け、そのたびごとに信号の音が鳴りつづけるのだが、車窓の灯りは月よりは明度が落ちるやうに感じられる。

もちろん気のせいだらう。そして、電車が通るたびに、月の光で明るい川水はいつそう明るくなつた。

それはいはば、

つくづくと眺むる月に浮雲の
さわたるほどに夜は成りにけり
殷富門院大輔

といふ具合の夜だつた。といふのは、ちぎれ雲が月をかすめてはあわただしく去つてゆき、そしてまたすぐ別の雲が訪れる、いはば隈ある月の連続だつたからである。いや、それよりむしろ、ここで引くのは、

とこの上の光に月のむすびきて
やがてさえゆく秋の手枕
藤原定家

のほうがいいかもしれない。もちろんわたしは手枕なんて乙なことはしないで、端然と、ただし胡座《あぐら》をかいてゐたけれど、しかしわたしがゐたのは鳥弥三の座敷ではなく、あの鴨川の床、川原へ張り出した板敷の装置だつたからである。

鳥弥三は、いつぞや大阪の辻静雄氏からすすめられたのだが、もちろん辻料理学校の校長が推賞するのだから当然の話だけれど、つきだしに出た鳥の肝の甘煮を一口食べて、これは大した店だと感心してしまつた。ほのかでそのくせコクのある甘さがすばらしいのである。こんなことを言ふと、人は大げさな話と取るに決つてゐるが、それはいはば鳥の肝でこしらへたキントンであつた。そしてその品のいい甘さを、添へてある小芋二つがすがすがしく鎮める。小芋はもちろん、不思議なことにキントンのほうまで、酒によく合つた。酒は白鷹。

すつかり味をしめて、肝やきといふやつを注文したら、これもまことによかつた。鳥弥三に客となつた人は、絶対これを逸してはならない。

次は鳥のおつくり。ワサビで食べる。小さな雪洞《ぼんぼり》状の電気スタンドがそばにあるのだが、薄くらがりのなかで見る桃いろの五きれほどがまことに可憐で、そのくせ口に入れると一種淫猥な感じに変る。ねつとりした、淡泊な、それでゐて甘い味が舌に触れるとき、粘膜と粘膜の接触といふ具合になるのである。しかしこれ以上露骨詳細に書くと、刑法百七十五条（だつたかしら）に触れるといけないから、話をはしよることにする。読者はよろしく想像力を働かせていただきたい。

ここで水たきの鍋が運ばれてきて、まづスープを飲むことになる。上方ふうの白く濁つたスープで、鶉の卵を落すから、白く黄いろく濁つた液体の触感は、さながらドブロクのやうに濃い。しかし濃いのは触感のほうだけで、味のほうは、味があるやうな、ないやうな具合で、しかしそれがじつにいい。このスープに酒を盃に一つと食塩をほんのすこし入れると、味が急にさはやかになつて、普通のスープとこのスープとを交互に飲んでゐると、いくらでも飲めさうな感じになるが、あとのことを考へてよす。何しろ、水たきを食べなければならないのである。

水たきにはいつてゐるのは、湯葉、白菜、菊菜、椎茸、豆腐、餅、そしてもちろん鳥。これを、刻みネギ、大根おろし、ポン酢、一味トウガラシを加へたつけ汁で食べるわけだが、わたしが特に気に入つたものをあげれば——

湯葉。すこし固目の感じなのが、妙に歯ごたへがあつて、口のなかでころがしてゐるとじつに楽しい。

菊菜。柔くて、しかも歯でさくさく分れる。

椎茸。よく肥つてゐて、肉が厚い。何か細工を施した特別の椎茸ではないかと疑ひたくなつてくる。もちろん細工は調理場でしてあるわけだけれど。

それから鳥。これはブツ切りにしてあるのだが、なかんづく、皮身だけのものが脂つこくて、ぬるぬるして、殊にわたしを喜ばせた。ちなみに、この店の鳥は大垣で飼つてゐる名古屋コーチンで、生れて三ヶ月のものを用ゐる由。

木下謙次郎の『美味求眞』は、今さら言ふまでもない名著であるが、全三巻のうちどれが最も読みごたへがあるかと問はれれば、誰だつて第一巻（大正十四年刊）と答へるだらう。若いうちに書いたから気力が充実してゐるし、それに他の二巻が口語体なのにこれだけは文語体で、すこぶる調子がいいのである。もちろん、これだけの文語文が書ける以上、口語文だつて一応しつかりしたものだけれど。

その第一巻のうち白眉の箇所はどこかといふことになると、人さまざまに意見が分れるにちがひないが、わたしはスッポンのくだりを最も好んでゐる。この政客は、故郷、九州は豊前の安心院《あじむ》郷が「良鼈の産地」であることを至つて無邪気に自慢したあげく、文政のころ、大儒、帆足萬里がしばしば彼の父祖の家を訪ね、スッポンを食べては詩を作ったといふ話を紹介する。いはく、

双溪合スルトコロ平川ヲ豁ス。
沃野膴々、千頃ノ田。
誰カ山樊ニ向ツテ精舎ヲ築ク。
書ヲ讀ミ、鼈ヲ擉《さ》シテ餘年ヲ送ル。

そしてこのさきの名調子は、ぜひ引用しなければならない。

僅々二十有八字を以て、百年前に於ける著者の家の生活の全部と安心院村の真景を写し得て余す所なしと云ふべし。著者は此の家に生れ、此の地に人となれり。魚鼈に関する因縁浅からざるものありしなり。少々家道に背き、書を読まず又鼈を擉さず。江湖に放浪し、徒らに風塵の間に漂泊す。遊子故郷を思ふ毎に此の詩を誦し、此の詩を誦する毎に魚鼈を思はざるなし。老大時に故郷に

帰れば、田園徒らに荒蕪し、前庭の辺り松菊の存するものすらなし。三径既に荒れ盡して当年の精舎今いづくにかある。長剣空しく意を得ず憮然として独り自ら憐むのみ。家の破れたる如何がすべき、行きて渓水のほとりに魚鼈を尋ねんとすれば、見よ潺湲《せんけん》たる二水、或は人為によつて流域を変じ、或は洪水の為めに河身を動かし、出合ケ淵の上に築かれたる長蛇の如き偃堤は茲に魚鼈の遡上を遮断せり。実に当年の淵は瀬となり、瀬は丘となり、桑田と変ず。今や此の地の魚鼈は著者と同じく棲むに其の家なからんとす。真に是人世の滄桑ならずんばあらず。

わたしが下長者町千本西入ルの大市で食べたスッポンは、もちろん九州は安心院郷の天然のやつではなく、浜松で養殖された代物である。木下謙次郎ならば「下等品」ときめつけるだらうが、大正末年でも天然ものはほとんどないと書いてあるのだから、これは諦めるしかない。そして、すくなくともわたしにはこのスッポンがすこぶるうまかつたのである。ああ、憮然として独り自ら憐れむのみ。

黒い大きな土鍋にシユンシユン煮えたぎつてゐるやつを運んで来る。(コークスで千度以上、十分くらゐ熱するのださうで、鍋の底は真赤になつてゐる。）小皿は骨つきのスッポンの身を、そば猪口にスープを、それぞれよそふ。身のほうもいいが、ほのかに鳶いろをしてゐるスープがすばらしい。殊に、酒を入れると、にはかに味が澄んでしかも甘みが増す。古風な座敷で、かういふものを肴にして白鹿をのんびりと飲むのはなかなか楽しかつた。

一般にスッポン料理といふのは、脂つこいはずのものがじつにあつさりした料理に仕立てられてゐるのが味噌で、その最も典型的なのは、淡い色調の肝が、見かけと違つて意外に淡泊なことである。いや、話はむしろ逆で、淡泊な感じなのに実は思ひがけなく濃厚、と取るのが正しいのかもしれない。スッポンが精がつくといふのは、どうもさういふことのやうな気がする。とにかくこれは単純なやうで瀟洒な味の料理で、その印象は雑炊において極点に達する。そしてこの雑炊は不思議なことに、あれだけかきまはしてあるくせに、部分部分によつて味がずいぶん違ふのである。わたしは、雑炊の場合でも、酒の味の濃いところがいちばんうまくて、従つて何となく精がつくやうに感じたのだが、これはやはり気のせいだらうか。

高い店ばかりではいけないから、安いところを一軒。祇園の権兵衛のウドン。

この店の狐ウドンに二通りあつて、一つは「甘いの」であり、もう一つは「きざみ」である。前者はアブラゲを甘く煮たやつがはいつてゐて、後者はアブラゲをただ切つて入れたもの。これはつまり、コーヒーを、砂糖を入れてのむのと、ブラックで飲むのとの相違のやうなものであらう。前者の甘膩《かんじ》と後者の爽々とはまさしく一対をなすもので、つまり（と言つたのでは話がいささか乱暴だが）わたしの考へでは一度に両方を食べるのがいいやうな気がする。すくなくともわたしはさうせざるを得ないほど、権兵衛の狐ウドンに感心したのである。

# 骨まで喰いますドーム基地　●　西村淳

にしむら・じゅん
1952年北海道生まれ。海上保安庁在任中に二度南極観測隊員に選ばれ、食事担当として隊員を料理で支えた。海上保安学校の教官として働く傍ら、講演会、料理講習会、テレビ・ラジオなどで活躍し、2009年に退職。おもな著書に『面白南極料理人』『面白南極料理人　笑う食卓』など。

「ブイヤベース」この料理が我が人生においてしばらくの間謎《なぞ》だった。

初めて名前を認識したのは、小学生の頃父に連れられていった映画『電撃フリント・アタック作戦』もしくは『GO!GO作戦』で、小学校低学年の頃だったから、字幕を読める確率はほとんど〇%で、漢字を飛ばして、ひらがなだけ追っていても当然意味不明。しかたないので、自分なりにせりふを作って適当に読んでいたと言うより、せりふの英語を聞いてそれから伝わってくる雰囲気だけを感じ取るようにしていた。

　こんなふうに本能一〇〇%で映画を見るとどうなるか？

　ヒッチコックの名作『裏窓』は、隣の部屋の可愛《かわい》いお姉ちゃんをのぞいたあげく窓から落ちて大けがをするオッサンの物語だと思い、『回転木馬』は『海底木馬』と勘違いし、いつ潜水艦仕様になった木馬が登場して、大戦争をおっぱじめるのかとドキドキしながら見ていたが、当然そんなシーンはあり得ず、「日本語の題をつけた奴《やつ》は絶対うそつきだ」と憤慨し、ヴィヴィアン・リーの『哀愁』は、ヒロインの美しさに驚嘆したものの、何せ字幕が読めないものだから、やたら綺麗《きれい》な女が鉄道の車掌と結婚し、その家がとてつもない金持ちで、家族・親戚《しんせき》みんな嫌な奴ばかりで喧嘩《けんか》したあげく、彼氏がいない間に、橋で車にはねられて死んでしまう物語としか解釈できなかった。

　ロバート・テーラーが車掌ではなく、軍人だと理解するのにこの後数年費やすことになるのだが、そのころ見ていた戦記物の映画は『太平洋の嵐《あらし》』とかの真面目《まじめ》？に戦争し、最後は特攻隊とか、海戦で撃沈され主人公は死んでしまうストーリーが大半だったので、その中に出てくる、予科練の主人公たちは、街で女を軟派することもなく、デートといったら河原でハーモニカを吹くぐらいがせいぜいで、それが軍人だと思っていた。

小学生の頭脳で、軍人ではないとなるとそのころ一番近辺にいた制服姿が「白戸君」のお父上で、その方が国鉄（現ＪＲですね）の車掌さんだったせいか、軍人以外の制服姿＝国鉄、こんな図式が自然に出来上がっていた。

それにしても、ませたガキだったなあ。そして『電撃フリント』だが、彼が何者かに暗殺されそうになり当然撃退し、武器として使われた毒針の臭《にお》いを嗅《か》いで一言、「ブイヤベース……それもマルセイユのあの店○×だ」

この言葉に、鶏足の丸焼きとジンギスカンを「究極の珍味」と位置づけていたガキンチョは、激しく反応した。

「どんな食い物が出て来るのだろう?」

次の場面で電撃フリントはマルセイユに飛び、その店に姿を現し、一言「ブイヤベース……」

後のストーリーなんてものは、とっくにどこかに吹っ飛んでしまったが、白い丼《どんぶり》状の物に入れられて出てきた「ブイヤベース」。

「ほらオッサンはよ喰え、ガバーッと頬張れ。どんな味だか言わんかい！」

画面をにらみつけながら、心で絶叫していた。

しかし食べない。香りをかいで一言「この店に間違いない」

「あほか己れは！　喰わんで味がわかるかい！」

この瞬間旨《うま》そうな「ブイヤベース」を香りだけで済ませてしまった「ジェームズ・コバーン」なる俳優が大嫌いになった。そして未消化のまま「ブイヤベース」は記憶に残った。

己れの頭の中で知っている限りの食べ物を列挙し想像したが、どれも当てはまりそうに思えず、次なる手は親を含めた大人たちに聞くことだったが、当時住んでいた人口三万八〇〇〇人の街では、フランス料理はおろか、フルコースを食べさせる店は当たり前ながら存在せず、もしあったとしても行くわけもないのだけれど、結論として「ブイヤベース」なるやたらしゃれた料理を食した、あるいは名前だけでも認識していた大人は皆無だった。

ただ一人正解に近い答えを言ってくれたのは、敬愛する婆《ばあ》ちゃん「サツ」。

「マルセイユ？　どこだそれ？　海はあるか？」

地図帳を開いて検索、海辺の街だということを告げた。

「海があって丼に入っていた……三平汁《さんぺいじる》だな……間違いない」

「だってマルセイユってフランスだよ」

「フランス？」

「フランスに三平汁なんてあるのかい？」

「フランスの三平汁だ。そのブイ……ブイヤ？」

「ブイヤベース！」

「魚の汁は世界中にある！」

その時は「この婆さん適当なことほざいてる」と結論したのだが、本質的には真実だったと後日知ることになる。

ある日密《ひそ》かに愛読していた母の『暮しの手帖《てちょう》』を見ていて、料理コーナーに目が釘付《くぎづ》けになった。

「マルセイユのブイヤベース」確かにこう書いてあった。あれほど憧《あこが》れ、周りの大人が誰一人正解を教えてくれなかったその一品が特集されていた。

もともと売れ残ったあるいは商品にならない小魚を持ち寄って、炒《いた》めたり、ニンニクやトマトを入れたり、サフランを入れたりして作る、「小魚ごっちゃらこ入りスープ風ごった煮」だった。それにアイオリなる「ニンニク入りマヨネーズ」をこすりつけて食するのだとか。

見たことも聞いたこともないフランス料理の本質を、浜育ちの本能だけで言い当てた婆ちゃんの眼力に、この章を書きながら驚いている。今頃は天国でまた得意の「まきり包丁」で、魚をさばきながら、

「魚にトマトやニンニクをいれて、おまけにマヨネーズをなすりつけて喰う？　フン、生きの悪い魚なんだべ……まずそう。ついでにムール貝というやつは留萌《るもい》ではヒル貝と言って、出汁《だし》は出るけれど、あまりうまくない貝だから……」と、ウインクしながら笑っているようで、ちょっとニヤリとしてしまった。

正規？　のレシピによると、魚の頭や骨を、オリーブオイルとニンニクで炒めて、白ワイン、トマト、サフランを入れクツクツ煮たところで取りだした後、身を投入

し、スープと魚の身をナイフとフォークで食する形態になっていた。これがどうにも気に入らなかった。

鍋《なべ》料理に限りなく近いはずなのに、途中で汁と実に分けて「フランス料理よー」とのたまっているのは、株や宝くじで一発当てたオヤジやオッカサンが、ブランド品や家・車に走るなんとも言えない下品さと共通するようで、

「まずくはないけれど、何だかなあ」

こんな言葉が、ブイヤベースを作る度、常に頭で鳴り響き、ある日頭や骨を捨てることを綺麗さっぱりやめたら、実に簡単で美味な一品に生まれ変わることを発見した。

ドーム基地でも、ゴミをなるべく出さないテーマともリンクし、骨や頭もみんなの口に入ることになった。骨や頭をチュパチュパすすりながら、スープを飲み恍惚《こうこつ》の表情を浮かべる隊員諸氏の顔を見るにつけ、

「ブイヤベースは三平汁だったワ」

実物も名前も見ないでズバリと「ブイヤベース」を指摘した婆ちゃんに、もう一度少しだけ頭を下げた。

## ●鮭《さけ》のブイヤベース

（材料）

・鮭のあら（頭・中骨・切り身など）
・ホールトマト　一缶
・タマネギ　二個
・ニンニク　二かけ
・サフラン（なければ市販のガラムマサラ）　小さじ一杯
・オリーブオイル　適量
・塩　適量
・白ワイン　カップ一杯
・パセリ　適宜

（作り方）

・鮭の頭は二つ割りにして、中骨も適当な大きさに切っておく。

・鍋物に使う鍋を火にかけるか、食卓で使う卓上電気鍋をセットする。
・オリーブオイルを流し入れ、油が温まらないうちに、スライスしたニンニクを投入し、焦《こ》げないよう注意しながら炒めていく。
・香ばしいにおいが漂ってきたら、身を入れ、両面をさっと焼いて取り出す。
・この時冷蔵庫に、イカや蛸《たこ》その他魚介類が余っていたら、これも入れてさっと焼いて取り出す。次に中骨・頭などを入れ、両面をこれまた焼く。
・次にホールトマトを入れるが、手でちぎるか、缶詰を開けた時包丁を直接差し込んで適当な大きさに切っておく。
・火を強め、トマトがぷくぷくいってきたら、白ワイン・水・塩を入れ、全体が鍋の四分の三ぐらいの所に来るように調節する。
・煮立ってきたら火を弱め、あくがどんどん出てくるのでていねいにお玉などですくいとる。
・水をちょっと入れて色出しをした一つまみのサフランか、ガラムマサラ小さじ一杯を入れる。
・時間にして一五分ほど煮たら、いったん火を止め、味を調節する。薄かったら塩を加えてもいいけれど、顆粒《かりゅう》コンソメをちょっと入れても味が手軽に出てくるので便利です。
・食べる直前に火を入れる。沸騰《ふっとう》してきたら先ほど焼いておいた、鮭の切り身・他の魚介類を加え一煮立ちで出来上がり。
・パセリのみじん切りをふりかける。

（ポイント）

正規のブイヤベースは、出し汁用の骨などは漉《こ》して捨ててしまうが、あくとりを丁寧にやっておくと、北海道名物「三平汁」のごとく、骨までチュパチュパと食べられる。

ニンニク入りマヨネーズのアイオリソースをつけて食べるとおいしいが、マヨネーズにヨーグルトを三分の一ぐらい混ぜると、口当たりのさっぱりしたソースが出来るのでお試しを。

ガーリックトーストも抜群の相性だが、オーブントースターでフランスパンを焼くと焦げやすいのが難点。

普通の食パンでトーストを焼き、マーガリンを塗った後に、ガーリックパウダーをたっぷりふりかけると手軽だよ。一枚を四切れほどにカットすると食べやすくなります。

# 「食らわんか」（抄）

## 向田邦子

むこうだ・くにこ
1929年東京生まれ。脚本家、作家。社長秘書、映画雑誌編集者を経て、脚本家に。代表作に「だいこんの花」、「寺内貫太郎一家」、「阿修羅のごとく」など。おもな著作に『父の詫び状』、『思い出トランプ』など。1981年没。

十年ほど前に、少し無理をしてマンションを買った。気持のどこかに、うちを見せたい、見せびらかしたいというものが働いたのであろう、あのころの私はよく人寄せをして嬉しがっていた。

今ほど仕事も立て込んでいなかったから、まめに手料理もこしらえ、これも好きで集めている瀬戸物をあれこれ考えて取り出し、たのしみながら人をもてなした。

もてなした、といったところで、生れついての物臭《ものぐさ》と、手抜きの性分なので、書くのもはばかられるほどの、献立《こんだて》だが。そのころから今にいたるまで、あきたかと思うとまた復活し、結局わが家の手料理ということで生き残っているものは、次のものである。

若布《わかめ》の油いため
豚鍋
トマトの青じそサラダ
海苔吸い

書くとご大層に見えるが、材料もつくり方もいたって簡単である。

少し堅めにもどした若布（なるべくカラリと干し上げた鳴門《なると》若布がいい）を、三センチほどに切り、ザルに上げて水気を切っておく。

ここで、長袖のブラウスに着替える。ブラウスでなくてもTシャツでもセーターでもいい。とにかく、白地でないこと、長袖であることが肝心である。大きめの鍋の蓋を用意する。これは、なるべくなら木製が好ましいが、ない場合は、アルマイトでも何でもよろしい。

次に支那鍋を熱して、サラダ油を入れ、熱くなったところへ、水を切ってあった若布をほうり込むのである。

物凄《ものすご》い音がする。油がはねる。

このときに長袖が活躍をする。

左手で鍋蓋をかまえ、右手のなるべく長い菜箸《さいばし》で、手早く若布をかき廻す。若布はアッという間に、翡翠《ひすい》色に染まり、カラリとしてくる。そこへ若布の半量ほどのかつお節（パックのでもけっこう）をほうり込み、一息入れてから、醤油を入れる。二息三息して、パッと煮上がったところで火をとめる。

これは、ごく少量ずつ、なるべく上手《じようて》の器に盛って、突き出しとして出すといい。

「これはなんですか」

おいしいなあ、と口を動かしながら、すぐには若布とはわからないらしく、大抵のかたはこう聞かれる。

一回いしだあゆみ嬢にこれをご馳走したところ、いたく気に入ってしまい、作り方を伝授した。

次にスタジオで逢ったとき、

「つくりましたよ」とニッコリする。

「やけどしなかった？」とたずねたら、あの謎めいた目で笑いながら、黙って、両手を差し出した。

白いほっそりした手の甲に、ポツンポツンと赤い小さな火ぶくれができていた。長袖のセーターは着たが、鍋の蓋を忘れたらしい。

鍋の蓋をかまえる姿勢をしながら、私は、この図はどこかで見たことがあると気がついた。

子供の時分に、うちにころがっていた講談本にたしか塚原卜伝《ぼくでん》のはなしがのっていた。

卜伝がいろりで薪《まき》をくべている。

そこへいきなり刺客《しかく》が襲うわけだが、卜伝は自在かぎにかかっている鍋の蓋を取り、それで防いでいる絵を見た覚えがある。それで木の蓋にこだわっていたのかもしれない。

豚鍋のほうは、これまた安くて簡単である。

材料は豚ロースをしゃぶしゃぶ用に切ってもらう。これは、薄ければ薄いほうがおいしい。

透かして新聞が読めるくらい薄く切ったのを一人二百グラムは用意する。食べ盛りの若い男の子だったら、三百グラムはいる。それにほうれん草を二人で一把《いちわ》。

まず大きい鍋に湯を沸かす。

沸いてきたら、湯の量の三割ほどの酒を入れる。これは日本酒の辛口がいい。できたら特級酒のほうがおいしい。

そこへ、皮をむいたにんにくを一《ひと》かけ。その倍量の皮をむいたしょうがを、丸のままほうり込む。

二、三分たつと、いい匂いがしてくる。

そこへ豚肉を各自が一枚ずつ入れ、箸で泳がすようにして（ただし牛肉のしゃぶしゃぶより多少火のとおりを丁寧に）、レモン醤油で食べる。それだけである。

レモン醤油なんぞと書くと、これまた大げさだが、ただの醤油にレモンをしぼりこんだだけのこと。はじめのうちは少し辛めなので、レンゲで鍋の中の汁をとり、すこし薄めてつけるとおいしい。

ひとわたり肉を食べ、アクをすくってから、ほうれん草を入れる。

このほうれん草も、包丁で細かに切ったりせず、ひげ根だけをとったら、あとは手で二つに千切《ちぎ》り、そのままほうりこむ。これも、さっと煮上がったところでやはりレモン醤油でいただく。

豆腐を入れてもおいしいことはおいしいが、私は、豚肉とほうれん草。これだけのほうが好きだ。

あとにのこった肉のだしの出たつゆに小鉢に残ったレモン醤油をたらし、スープにして飲むと、体があたたまっておいしい。

これは、不思議なほどたくさん食べられる。豚肉は苦手という人にご馳走したら、誰よりもたくさん食べ、以来そのうちのレパートリーに加わったと聞いて、私もうれしくなった。何よりも値段が安いのがいい。スキヤキの三分の一の値段でおなかいっぱいになる。

トマトの青じそサラダ、これもお手軽である。トマトを放射状に八つに切り、胡麻油と醤油、酢のドレッシングをかけ、上に青じそのせん切りを散らせばでき上がりである。

にんにくの匂いを、青じそで消そうという算段である。

このサラダは、白い皿でもいいが、私は黒陶の、益子《ましこ》のぼってりとした皿に盛りつけている。黒と赤とみどり色。自然はこの三つの原色が出逢っても、少しも毒々しくならずさわやかな美しさをみせて食卓をはなやかにしてくれる。

酒がすすみ、はなしがはずみ、ほどたったころ、私は中休みに吸い物を出す。これが、自慢の海苔吸いである。

だしは、昆布でごくあっさりととる。

だしをとっている間に、梅干しを、小さいものなら一人一個。大なら二人で一個。たねをとり、水でざっと洗って塩気をとり、手でこまかに千切っておく。

わさびをおろす。海苔を火取って（これは一人半枚）、もみほごしておく。気の張ったお客だったら、よく切れるハサミで、糸のように切ったら、見た目もよけいにおいしくなる。

なるべく小さいお椀に（私は、古い秀衡《ひでひら》小椀を使っている）、梅干し、わさび、海苔を入れ、熱くしただしに、酒とほんの少量のうす口で味をつけたものを張ってゆく。

このときの味は、梅干しの塩気を考えて、少しうす目にしたほうがおいしい。

この海苔と梅干しの吸い物は、酒でくたびれた舌をリフレッシュする効果があり、上戸下戸《じょうごげこ》ともに受けがいい。

ただし、どんなに所望《しょもう》されても、お代りをご馳走しないこと。こういうものは、もういっぱいほしいな、というところで、とめて、心を残してもらうからよけいおいしいのである。

ありますよ、どうぞどうぞと、二杯も三杯も振舞ってしまうと、なあんだ、やっぱり梅干しと海苔じゃないか、ということになってしまう。ほんの箸洗いのつもりで、少量をいっぱいだけ。少しもったいをつけて出すところがいいのだ。

# 南米チャンコ、最高でーす

## 椎名誠

しいな・まこと
1944年東京生まれ。小説家、映画監督、写真家。業界新聞の記者を経て『本の雑誌』を創刊。『犬の系譜』で吉川英治文学新人賞、『アド・バード』で日本SF大賞受賞。その他おもな著作に『岳物語』「あやしい探検隊」シリーズ、『ぼくがいま、死について思うこと』など。

むかしから「かつおぶし」を愛している。そのかつおぶしに関係したちょっと文化人類学にかかわるようなまじめな取材旅でモルジブに行ったことがある。
琉球《りゆうきゆう》の近代歴史に関する本を読んでいたら大和《やまと》朝廷に琉球から「かつおぶし」の献上があった、と書かれていたのだ。かつおぶしは江戸時代に、それこそ江戸の人が干したかつおに黴《かび》をつけて干して、をくりかえし今のかちんかちんに硬いかつおぶしにした、というのが定説で、ぼくはそれを信じていたのだが、それよりもずっと早く琉球がかつおぶしを作っていたなんて……と頭がこんがらがった。

調べていくと琉球が献上したかつおぶしはモルジブで作られたもので、当時交流していたアジアの海域流通ルート（いわゆる海のシルクロード）でモルジブから琉球に入ってきたらしい。なるほど本当にモルジブではかつお漁が産業のひとつという。

で、現地に行ってかつお漁の船に乗りぼくもかつおの一本釣りをやった。そして自分で釣りあげたかつおをその場で素早く三枚にオロシ、持っていった醬油をつけて食っていたら、漁船内がしんとしている。まわりをみると真っ黒なモルジブの漁師たちが十人ほど、いかにも原始的なやつがかつおをナマ食いしている！　というようなオドロキの顔で遠巻きにぼくを見ているのだった。

あとでわかったがモルジブでは魚を生で絶対食わない。食ってはいけないものと考えられているようであった。そういうなかでぼくがやっていたことは、たとえば日本でそこらにいるネコを捕まえてその場でバリボリベリボリとネコを引き裂き生食いしているのを見たような衝撃だったらしい。

とんだ見世物を演じてしまったのだが、当初の謎はとけた。モルジブのかつおぶしは黴をつけて硬くする技術はなく、わたしたちの知っている「なまりぶし」までをつくっていたのだった。

ま、そんなことのアレコレも関係したのだろう。若い頃、一カ月から二カ月ぐらいかけて外国の辺境地を移動する旅のときの、食の必携品目の主役は「かつおぶし」だった。それにマルタイラーメン（九州のほうのメーカー。ソーメンみたいに棒状になっている）に浅草海苔《あさくさのり》だ。浅草海苔は十枚ずつ真空パックになっているのを二十束ほど持っていった（二百枚になる）。海苔は押して薄くして四角いカンカラにいれておくとシケたり崩れたりしない。かつおぶしはあの硬いのをそのまま一本。使うときはナイフで削って文字どおり「削りぶし」にする。

そうだもうひとつ。大事なものを忘れていた。一番は「醤油」だった。一リットル入りの水筒に入れて持っていった。

これらがあれば現地の食材で何が出てきてもリッパに〝勝負〟することができた。

その頃知ったが、質の差をどうこう言わなければ世界のだいたいの国でコメは手に入る。あれはちゃんと保存しておけばいつまでも使えるし、鍋と水と火さえあればたちまち腹もちのいい主食になるエライ奴《やつ》なのだ。

かつおぶしはスープのダシの基本にした。鍋の底にかつおぶしの一端をつけて片一方をしっかり摑《つか》みナイフでどんどん削る。南米を旅しているときこのかつおぶし削りをやっていたら通訳のボリビア人が「それはなんの木か?」と聞いた。スープ作りはぼくの係だったので毎日それをやっていたから不思議に思っていたらしい。「これは〝味の木〟といって日本にはよく生えている。こうして削って沸騰させると、いつものあのおいしい味が出るんだ」と言ったら本当に信用していたようだ。旅が終わる頃、日本に対して間違った認識を持ってはいけないと思って正しい話をしておいたが、彼はあの硬いのが魚であるとはむしろ信じなかったようだった。

ダシがとれれば仕上げは醬油味で、その土地でとれる野菜や穀物なんでもうまいスープになった。

時々肉や骨からとるダシのスープを作ったが、新鮮なサッパリ味がよほどおいしかったのかかつおぶしによる和風スープのほうが評判がよかった。

安い肉をダシ醬油で煮たものも評判がよかった。これは皿の上に海苔をしいてごはんをのせる、その上に醤油煮の肉をのせ、注意深くまるめてゆるい手巻き寿司と海苔むすびの中間くらいのオニギリのようなものを作らせる。自分で巻いたり丸めたりして食うのだ、と教えた。南米人ははじめて見て触れる海苔の扱いに困り、最初のうちは両手を肉汁だらけにして困っていたがやがて慣れるとこれも好評だった。

でも一番ぼく自身もうまいと思ったのはラーメンとごはんと野菜のごった煮だった。これは大きな鍋が手に入ってからやるようになった。ダシは羊のことが多かった。骨つきのクズ肉をけっこう長い時間煮込んで羊スープを作る。ここにありあわせの野菜（瓜《うり》のたぐいが多かった）をいれ、やわらかくなったらマルタイラーメンに付属しているダシ（トンコツ味）を何袋かいれ、醤油とコショウも少しいれて味にアクセントをつける（考えてみると肉とトンコツと醤油のあわせだしはいまの人気ラーメン屋の主流ではないか）。

日本では骨つきの羊肉などまず手にはいらないから基本はデタラメ料理だ。いや羊の代わりに骨つき鶏肉《とりにく》をいれたらこれのややおとなしい水炊き（鶏鍋）のようなものになったろう。

全体がぐつぐついってくるとマルタイラーメンとごはんをいれてさらに煮込む。

鶏卵があればここに三〜四個いれるともっとコクがでるし派手になるだろうなあ、と思ったがニワトリはあちこちでみるが卵売りの人はいなかった。

さてなんとも正体不明の南米チャンコ鍋みたいなものができたが、これが最高に人気があった。

そもそもごはんとめん類を一緒に煮る、という発想がないところだったから、我々をサポートしてくれていた連中はこの鍋をつついてみんなで歌などうたいだし、いたく感謝されたのだった。

# イギリスのスープは塩辛い ● 林望

はやし・のぞむ
1949年東京生まれ。作家、国文学者。リンボウ先生の愛称で知られる。おもな著作に『イギリスはおいしい』『林望のイギリス観察辞典』『薩摩スチューデント、西へ』『謹訳 源氏物語』など。

ハワードのレセピには、塩加減が書いてない。

すなわち、塩と胡椒に関しては、ほとんどのばあい、ただ「salt & freshly ground black pepper」と書いてあるにすぎないので、じっさいにどのていどの分量の塩を加えるかということは、このレセピからではわからないことになっている。このところ、私の訳文では「塩・挽きたての黒胡椒、適宜」という風にしてある。それでは不親切じゃないかと思う人もあるかもしれないが、私はすこしもそうは思わない。というよりも、ほんとうにおいしいものを作るという目的からすれば、これ以上は書きようがないというのがより正確な言い方かもしれない。

こうしたスープの塩加減（げに、スープを生かすも殺すも塩加減なのだけれど）などは、すぐれて個人的嗜好に依拠し、なおかつその人の体調や気候によっても左右されるものである。

ありていに言って、夏のさなか、汗をさんざんかいたあとは、塩が不足するので、どうしても塩気の強いものが食べたくなる。そういうときに、ごく塩の薄いスープなどは感心しないにちがいない。

逆に、冬にじっとしてこたつに当たっている老人だったら、塩はごく薄いのを欲するかもしれない。

そもそもしかし、塩気の強弱についての「感じ方」なんてものも、これまた非常に相対的で、「思い込み・刷り込み」によるのである。

たとえば、われわれ日本人は、幼少の頃から味噌汁というスープを口にして育つ。しかるに、味噌汁というのは、じつは世界でもっとも塩辛いスープだといっても良いくらいのものなのである。ただ、私たちは、あの味噌の「うまみ」と「あまみ」に眩惑されて、それほど塩辛いと「思わない」のに過ぎないのである。そのことを、私はひとつの経験によって思い知った。

以前イギリスで、親友のスティーブンに日本食をご馳走した時のことである。私は、彼らの嗜好を考慮して、いくぶん薄目に仕立てた味噌汁を食卓に供した。さるところ、スティーブンは、一口これを呑んで、こう尋ねた。

「これはなんというスープだい」

「これが有名な日本の味噌スープさ」

彼は、顔面を紅潮させて、なにか決死の覚悟で味噌汁を呑みつくして、言った。

「おいしいね、このストックは、魚を用いるのか」

「そうだ、鰹節という干した魚のストックをね」

それから、彼は、小さな声で「失礼」と言って席を立ち、直ちに水道の蛇口をひねって、ガブガブと水を飲んだ。そうして、なにか不思議な経験をしたというような表情でこう言ったのである。

「ウーム、これはおいしいが、しかし、非常に塩辛いな。今までの人生でもっとも塩辛いスープだ!」

　念のために言っておくけれど、このときの味噌汁は、私たちからすれば、決して塩辛い感じではなかった。むしろ、うすぼんやりした味だったのである。

　がんらい、イギリス人の作るスープは非常に塩気が強いことがおおいのだが、そのイギリス人にして、なおかつ閉口頓首するような塩辛さが、味噌汁には含まれているということを、この経験が教えてくれた。つまり味の感じ方というのは、そのくらい相対的で曖昧なものなのだ。従って、これが正しいというふうに決めつけた塩の量なんてものは論理的にあり得ない。だから、塩味については、各自が勝手に、それぞれの嗜好と状況によって決めなさいというのが、ハワードの立場で、それを私は100パーセント支持する。

　お料理番組などで、お醬油大匙1杯半、塩小匙半杯、などというのを見るに付けて、そういう石頭なるやり方では決して決しておいしい料理など出来はしないだろうな、とちゃんちゃらおかしい気がするのである。

　で、ハワードは、この本のなかでは、いわゆるフランス風のコンソメスープといったような、非常に手間暇のかかる(たぶん家庭では上乗の味は作り出すことができないような）スープは取り上げていない。

スープの基本であるストックについても、一番簡単にはストック・キューブを買ってきて湯に溶かせというふうに教えるのである。しかも、それを溶かすときにスプーンかなにかで突っつくようにすると早く溶けるなどと説いているのはまことに微笑ましい気がする。

そしてなお、もし、市販のキューブを用いたときには、かなり塩気が含まれているので、ストックを手作りにした場合に比べて、その分塩を控えて入れるべきことを説くのはじつに行き届いた仕方だと言えるだろう。

というのは、もし、こういう念入りな注意をしておかないとすると、イギリス人は、前後もわきまえず、塩をばさばさと入れて、飲食に堪えない塩辛いスープを作りかねないからである。

おかしいことに、私たちは、味噌汁というごく塩辛いスープをねんじゅう口にしていながら、ひとたびイギリスに渡って、イギリス人の作るスープを食するときには、なぜか、「うへ、これは塩辛い！」と感じることが多い。すなわち、なぜ味噌汁を塩辛く感じないかというと、味噌のもつ「あまみ」と「うまみ」のほかに、

「出汁《だし》」という強力なる味方があるからである。昆布、鰹節、鯖節、煮干しなどをたっぷりと使って、濃い出汁をとり、それによって作ると、その出汁の風味が、いわば塩辛さを包み込んで我々の味蕾《みらい》に感じさせない作用があるらしい。だから、吸物でも、出汁と仕上げに少々加える醤油の作用によって、おなじ濃度の塩湯よりははるかに塩味を薄く感じるのである。

ハワードも、この醤油というものの不可思議な働きについては夙《つと》に承知しているとみえて、本書の「オニオン・スープ」の項において、少々の醤油を加えよと教え、これについて「この醤油を入れるってのは、やや邪道的なやりかただけれど、じっさい美味しいのだからしかたがない」と言っている。

もっとも、醤油というものは、大塚滋さんの『しょうゆ、世界への旅』という書物によると、すでに18世紀のフランスで肉料理のソースとして使われていたとある。なんでもディドロの百科事典に、スイとかソワとかいう名前で醤油が紹介されているし、またじっさいにそのころ日本から輸出された醤油の陶器の瓶がたくさん残っているそうである。なんのことはない、世界の料理の親玉をもって自任しているフランス料理にさえ、醤油は使われてきたのだから、べつだん邪道というわけでもないのである。

ともあれ、しかし、多くの場合、イギリスではスープに醤油をもちいることはない。それで、市販のストック・キューブを使ってスープを作ろうとすると、これが日本のそれよりもはるかに塩辛い。しかも、ストック・キューブのうまみは、どうしても出汁＋醤油のそれにかなわない。そうすると、結局、塩の味が隠すところなく前面に露頭してしまって、味覚上は「どうも塩辛いなぁ」と感じることになるのである。

しかし、それも慣れてくると、むしろその塩辛さがイギリスらしいと感じるようになる。とりわけ、私がイギリスを感じるのは、マッシュルーム・スープである。これは本書にもその作り方が出ていて、素人でもたやすく作ることが出来る。

イギリスに行くたびに、どこかのレストランかホテルでこのマッシュルーム・スープに遭遇するのだけれど、いつ食べても、それは、つねにいくらか塩気が勝っており、なおかつ、大量で、見た目がうるわしくない。

なにしろ、あのマッシュルームという茸は、外が白くて、傘の内部は黒っぽい。だからこれを、ミキサーのような道具でスープ生地もろとも粉砕してしまうと、そこにドロドロとしてザラッとした風合いの、しかも灰色のスープができあがる。この「姿」が、そもそも日本人の感覚からすると、まずまずしいという感じである。しかしながら、マッシュルーム・スープは、イギリスではきわめて普遍的に作られる家庭料理で、注意して見ていると、イギリス映画にはしょっちゅう出てくる。

本文中にも書いておいたけれど、あの『日の名残り』という映画のなかで、主人公の勤める貴族の館で、外国の高官を招いて晩餐が開かれるシーンがある。そのときに、この灰色のドロッとしたマッシュルーム・スープが供せられる。また、最近の映画で『ピーターズ・フレンズ』という映画でも、伯爵の若当主ピーターの館に、大学時代の悪友たちが集まって晩餐をともにするシーンがあるが、そのために台所で調理されているのは、他ならぬマッシュルーム・スープである。このスープには、バターだの生クリームだの、カロリーの高いものが山のようにはいる。そこで、登場人物のひとり、ダイエット中のアメリカ婦人が「クリームは入れないでちょうだいね」などと言って、イギリス人家政婦の心証を大いに害するというシーンである。このとき、映画の日本語字幕でははっきりとマッシュルーム・スープであることを書かないので、あるいは気が付かない人もあったかもしれないが、これがコーンクリーム・スープでなくして、ほかならぬマッシュルーム・スープであるところが、つまり「イギリス」なのだ。

ともあれ、イギリス人にとって、マッシュルーム・スープというのは、きわめて身近な、そうしてそれ故にイギリスらしいスープなのだと言い得ようか。

けれども、どういうわけか、私は、日本ではいまだこのマッシュルーム・スープを供するレストランに遭遇したことがない。だいたいイギリス料理の店というのが、日本にはほとんどないし（東京の中目黒に「1066」というイギリス料理店があって、クックさんというイギリス人が夫婦で経営している。ここへいけば、場合によっては口にできるかもしれない）*、たぶん、高級なるフランス料理店では、かようなイギリス流の家庭料理など、はじめから考慮の外なのであろうと思惟される。

だから私は、ああした映画のシーンを見ると、つい口の中に、あのイギリスのマッシュルーム・スープの、いくらか塩辛い風味が蘇ってきて、そこにそこばくの懐かしさを覚えずにはいられない。まして、外国に住んでいるイギリス人にとっては、いっそう懐かしいのではなかろうか。

幸いに、しかし、ハワードが、本書にこの懐かしいイギリス風マッシュルーム・

スープの作り方を書いておいてくれたので、自分で作ることが可能になった。よしよし、さっそく作ってみることにしよう。

フフフ、この場合は、むろんわざと少しばかり塩を入れ過ぎて、ちょっと塩辛いんじゃないの、このスープ、というくらいにね。

＊右に紹介した中目黒の英国料理店「1066」は、すでに閉店してしまったので現在は存在しない。

# ダンシチューと中村遊廓　●　檀一雄

だん・かずお
1912年山梨生まれ。作家。佐藤春夫に師事。従軍と中国放浪の約十年間の沈黙後、1950年『リツ子・その愛』『リツ子・その死』を上梓して文壇復帰。1951年『真説石川五右衛門』で直木賞受賞。1976年没後、読売文学賞と日本文学大賞の両賞受賞。

なくなった尾崎士郎さんや、坂口安吾さんが、まだ伊東にいた頃、上京してきて、みんなで落ち合うといったら、たいてい、新橋駅前の小川軒であった。
そこで、私も自然と、小川軒に馴染んだが、その小川軒には、週に一度ずつは、きまって吉田健一氏の酔った笑い顔があり、カウンターのところには、ほとんど毎日といってよいほど、藤原義江氏の赭《あか》ら顔が見えていた。

私は、ビフテキも好きだが、しかし、タンシチューや、オックステールのシチューが格別に好きである。

タンシチューや、オックステールのこってりとした舌ざわりを口にしながら酒を飲んでいると、まったく人間に生まれ合わせた幸せが、体いっぱいにふきこぼれてくるほどだ。

しかし、大ホテルのような仰々しいところで喰ったり飲んだりするのは、面白くなくて、やっぱり、人のざわめきが、絶えず身のまわりにあるようなところ、例えば、その小川軒とか、神楽坂の田原屋とか、フランスでいうビストロに近いレストランの方がいい。

ところで、いつものことだが、私は店に入ったとたん、牛の舌にするか、牛のシッポにするか、いってみれば、頭尾の間に、一瞬苦悶するのである。

舌の、均分な肉質のうまみも一口ほしいし、シッポの、骨にからみつく、ねばっこいうまみも、一口ほしい。さりとて、両方とも注文してしまうと、二皿のシチューに悩まされた挙句、何のために、こんな大それた注文のしかたをしたろうかと、まったくの話、うんざりする。

ところで、いつだったか、小川軒のオヤジさんが、私の苦悶をあらかじめ、見てとったのか、

「タンとテールを半々にしましょうか?」

といってくれた。

「そんなこと、デ、できるの?」

と私はうわずったものだ。やがて運びこまれた、舌とシッポのほどよくあんばいされたシチューを見て、私はもちろんのこと大満悦。

その次から、小川軒に入るときには、

「タンとオックステールのアレ」

で、事は足りていたが、小川軒のオヤジも人が悪い。いつの頃からか、私の顔を見ると、

「ダンシチューでしょう?」

「ダンシチューでしょう?」

人前もはばからず、大声をあげるならわしになった。

＊

さて、小川軒から、フッと尾崎士郎さんのことを思い出したので、なつかしいままに、少しばかり脱線しよう。

何年昔のことになるか、もう忘れたが、尾崎士郎さんと、林房雄さんと、私の三人、新橋の界隈で飲んでいたことがある。酔いが廻った頃だろう。

「最後の中村遊廓で、我々ひとつ、夜明かしで痛飲しようや」

という話になった。もちろん、提唱者は、尾崎士郎さんである。林さんも、私も、付和雷同して、一行には高橋義孝さんも迎えることになった。なにしろ、戦国時代の豪傑が輩出したゆかりの地の遊廓最後の日だから、私達が出掛けなかったら、ほかに、誰が弔うものがあるだろう。

約束の日の特急が東京駅を離れるより早く、もう列車の中は前夜祭の観を呈していた。

中村遊廓に上がり込んでからが、大変だ。呼び集められる限りの女を呼び集めて、まるで私達四人の、引退披露祝賀大公演のありさまになった。もちろんのこと、あたりが白むまでである。

尾崎士郎さんのはしゃぎようといったらなかった。いや、林房雄さんの大乱痴気騒ぎ。高橋義孝さんときたひには、はいていたフンドシがなくなってしまったと、部屋部屋を探しまわっているありさまである。

さて、中村遊廓最後の日の宴も終わり、一眠りしてから、気がついたことだが、一体、会費がいくらになるか、想像も及ばない。はじめから、誰も聞いていないし、相談もしていない。

尾崎さんも持っている様子はなく、林さんも、高橋さんも、私も、あんなベラ棒な、桁はずれな、大宴会の会費など、持っている筈がない。

これが開店披露とでもいうのなら、宣伝のために、かなりの出血サービスということもあり得ようが、反対に中村遊廓最後の日である。

私達はウヤムヤのうちに帰ってしまったが、一体、どういうことになったのか、今もって、奇々怪々な一夜であった。やっぱり、尾崎さんが、あとの処理を、こっそり、つけてくれたものか……それにしたら、申し訳ないことをしたものだ。

話が脱線したけれども、ここいらで、タンやオックステールの話に戻すとして、北海道の札幌に、「北のイリエ」という、ひっそりとしたレストランがある。裏露地を入り込んだところに、まるで、かくれたようにして開いている店で、私は札幌に出かけるたびに、こっそりとこの店の閑寂を愛しながら、ビールを飲むならわしだ。

ところで、その「北のイリエ」のメニューには、「タンテル」という不思議な一品料理の名前が記入されてある。

いかなるものか、おそるおそる尋ねてみたら、「タンとオックステール」のシチューであった。ちょうど半々に盛り合わせた「ダンシチュー」なのである。爾来、私は大喜びでその「タンテル」に乗り換えたが、「北のイリエ」では、馬鈴薯の丸焼きなどもつくってくれて、一人で、こっそりと、旅の閑寂を楽しむには、もってこいの店である。

北海道の「タンテル」の話をしたから、今度は九州の風変わりな「オックステール」の店を紹介しておこう。

福岡の薬院の駅から、海の方に向かって、ほんの二、三分歩いたところに、「山本」という、「おでん屋」がある。おでん屋（?）といえるかどうか、「牛のシッポのおでん」という奴を売り出して、一杯飲ませる飲み屋である。

「おでん」ではない。牛のシッポを長時間煮込んだ挙句、醤油の味を手際よくしみつかせた日本式「オックステール」の店であって、白髪頭のオヤジさんの弁によると、子供の寝小便を直したい一心から、この料理を創出し、やがてこの料理の一杯飲み屋をはじめたといっていた。

その来歴も面白いし、その来歴を訥々と語るオヤジさんのことばをなつかしみながら、私はその日本式「オックステール」で一杯やるのを、喜ぶものである。

# 酒造家の特権、泡汁を堪能 ● 小泉武夫

こいずみ・たけお
1943年福島生まれ。農学者、エッセイスト。おもな著作に人気の新聞コラムをまとめた「食あれば楽あり」シリーズのほか、『酒の話』『納豆の快楽』『くさいはうまい』『いのちをはぐくむ農と食』など。小説に『夕焼け小焼けで陽が昇る』。

「泡汁《あわじる》」を食べたことのある人はほとんどいないだろう。私は幼いころからこれを大いに堪能していたが、実はこの泡汁、酒造家の特権のようなものなのだ。

酒のもろみ（発酵中の酒で、まだ米粒や酵母があって、白濁しているもの）が盛んに炭酸ガスをわき上げて発酵している時、高さにして約八十センチぐらいの泡を立てる。そのままだと桶や琺瑯《ほうろう》タンクから泡と共にもろみがあふれてしまうので、

泡が立ち始めると蔵人たちはその桶や琺瑯タンクの頭部の周囲を丸く板囲いする。ちょうど傘をかけたようなその板を泡傘板といった。

立ち昇ってきた泡はこの板に沿って昇るが、板の高さが一メートルぐらいあるので、越すことはなく、粘り気のある泡は板の上部の方まで行って止まる。数日して泡の勢いも弱り泡が引くと、泡傘板の全面には二センチぐらいの厚さで泡の本体が真っ白い層となって残る。成分は溶けた米の糊精《こせい》のようなものと酵母が主体で、コンデンスミルクを少し固めにしたようなものだ。

その泡の精を板からへらでかき集めて泡汁をつくるのだ。塩ブリや塩サケの頭やヒレなどの粗をぶつ切りして深鍋にたっぷりと張った水に入れ、中火で気長に煮出している間、大根、ニンジンの半月切りを作り、また手むしりコンニャク、刻み油揚げなども用意する。粗から十分にだしが出たころに大根やコンニャクなどを入れる。

そこに泡の精を、少し多めになるぐらいに入れると、真っ白い雪鍋のようなものになる。塩魚を使った時は魚からのだしと持ち塩とで他の調味料は不要だが、白菜やニンジンなどの野菜だけでの時は少々の味噌と塩で調味する。出来上がった泡汁にネギの五分切りを加え、お椀に盛り、熱いうちに食べるのだ。

その雪の精、いや泡の精の真っ白い汁を口に入れると、上品なコク味が口中に広がる。従来の粕汁などとは比較にならないほど気品にあふれ、淡泊の中に甘味とうまみが出てきて、そして鼻からは新酒の芳香が具からのにおいと混じり合い、もう、嬉しくて「ひゃっほー」と大声で叫びたくなるほどである。バブルがはじけて皆が元気を無くしているが、このバブル汁はものすごく元気の出る美味汁だった。

# 最後の晩餐

森茉莉

もり・まり
1903年、森鷗外の長女として東京に生まれる。小説家、随筆家。『父の帽子』で日本エッセイスト・クラブ賞、『甘い蜜の部屋』で泉鏡花文学賞受賞。その他おもな著作に『恋人たちの森』『贅沢貧乏』『ドッキリチャンネル』など。1987年没。

持病の腎臓の状態も良好で、体全体の具合も、最近、医者に診て貰った結果がすこぶる好かった。動悸が大変に柔かくて、皮膚の状態を見ても（診察を断ったので診察したのではなく、脈だけ取ろうと言って手首を丁寧に抑えただけだったから顔と手との皮膚を診ただけだが）話をする様子から見る頭の働きをみても、すべてに老化現象が少しもない、というのである。若しこの診断をきいているのでなかったら、この題を課した編集部は恐ろしく残酷というほどではないにしても私に対して、ずいぶん気の毒なことをしたのではないだろうか？　私の年齢では、最後の食事、それは朝食になるか、昼御飯になるか、それとも夕食になるかはわからないが、ともかく十年以上先きのことではないからである。健康なままの状況で最後の食事をするという、なにかの状況に追いこまれた場合のことを指しているのかもしれないが、最後の晩餐、という題をきいた途端に私がいやな気がしたことは否めない。死というものは、罪人の死刑とか、キリストの磔刑《はりつけ》のようなものだから、私のような年齢の人間にとって、《最後の晩餐》という言葉は今言ったような診断を知っていなかったとしたら一寸した衝撃の筈だからである。

老人というものは食べるより他に愉しみがない、とよく言われているが、私の場合は愉しみはそれだけではない。だが幼い時から、現在まで、食べることだけを考えているかのような人間で、今でも、朝目が覚めると、今日は何のおかずにしようかと真剣に考える私である。ただ年齢を考えて米の飯を抑えていて、たとえば二合の米を固めのお粥に炊いて、それを四等分して四度に食べるので、一回が五勺のわけになる。その代りおかずは多くしている。何をこしらえるか？　と真剣に考えるといっても、大したものをこしらえるわけではないが、味噌汁にしても、八丁味噌を出しで溶き、いったん煮たててから上澄みを取って別の鍋に移し、白鶴を充分に振り入れ、さいの目に切った豆腐なり、若布《わかめ》なりを入れて煮立ったら火を止め、水で溶いた辛子を少量入れる、というようにやるので、他人《ひと》にこしらえて貰うわけにはいかない。そういう私だが、最後の食事とわかっていたら素晴しいものなんかは思い浮かばないだろう。気持が一《いっ》たん死の方に向いたら、この世界の中の愉しいもの、美味しいたべもの、なぞの、すべての歓びには背を向けた後《うしろ》にあるわけで、すでに無くなってしまったものになっている。欲しいと思うものといえば冷たい水位だろう。水道の水が既に、到底脣《くち》に入れられないものになっている今では、氷片を入れた番茶位を欲しがるだろう。

——あめゆじゆ、とてちてけんじや——

宮沢賢治の妹は、死の前に高熱で苦しんでいる時、庭の松に積もった雪が溶けて落ちる水を賢治にねだった。賢治は、よく覚えていないが、藍色の模様のある御飯茶碗に雪の水をうけて飲ませてやった。そうして、私の好きな質《たち》の詩ではないが、哀しい、きれいな詩を書いた。最後のたべものというと、私は賢治が妹に飲ませたような、松に積もった雪水が飲みたいような気がする。

# チャーハンのスープ

村松友視

むらまつ・ともみ
1940年東京生まれ。小説家。『時代屋の女房』で直木賞、『鎌倉のおばさん』で泉鏡花文学賞受賞。その他おもな著作に『私、プロレスの味方です』『夢の始末書』『百合子さんは何色―武田百合子への旅』『アブサン物語』『幸田文のマッチ箱』『帝国ホテルの不思議』など。

チャーハンというのは何となく、ラーメンや湯麵や焼ソバよりちょっとばかりランクが上、というのが私の青年時代のイメージだった。それはおそらく、チャーハンについてくるスープの値打ちのせいだったのだろう。

鶏ガラのスープに醬油で色づけをしたようなところへ、刻みネギをほんの少し散らした、まことに無造作な感じのものが、小ぶりの器《うつわ》に入って出てくる。私は、そこへ辣油《ラーユ》をポチョリと落すのが好みだった。レンゲを使って大事に刻みネギをすくい、チャーハンとの呼吸を合せて口に入れてゆく。

不思議なもので、スープを入れる器が塗り物の椀だったり、レンゲがスプーンだったりすると、微妙に気分が殺《そ》がれた。それに、小さめの器がよかった。ちょっと金があるときなど、湯麵とチャーハンを取って、湯麵のスープをからめてみたことがあったが、何となく味わいが物足りなかった。やはりあの小ぶりの器の中のスープと、チャーハンとの按配を工夫しながら食べるところに、何ともいえぬ醍醐味があったような気がする。

のちになって、ラーメン屋のチャーハンでなく、中華料理店の炒飯を食べたときも、贅沢な炒飯と贅沢なスープの組合せに、やはり違和感をおぼえた。味はたしかにそっちの方が上なのだろうが、そこにからみつく思い出が立ちのぼらないのだ。いや、中華料理店の炒飯と、ラーメン屋のチャーハンとは、まったく別物であるのかもしれない。

金のなさゆえに庶民的な店へ出入りした時間は、さまざまな〝味〟を感じさせてくれたものだった。チャーハンは単なる炒飯ではなく、そこにまとわりつく思い出を強く与えてくれる。料理の味を超えた人間臭い〝味〟が、あの手の食べ物にはしみついているのだ。

チャーハンに添えられたスープの表面に、おしるし程度に浮いている細かく刻んだネギの数片を、取りすぎないようにレンゲですくい上げて口に入れ、その味がまだ喉の奥へ消え去らぬうちに、同じレンゲでチャーハンをすくって、急いで食べる。口の中で結合するスープとチャーハンがかもし出すハーモニーがたまらなかった。

それを痛いほど憶えているのに、チャーハンの出前を取るさいについ豚汁などを加えて、小さい器のスープを宙に浮かせてしまうこともあり、そんなときは「この半端者め」と己を強く叱ったものでありました。

# 自動販売機の缶スープ

江國香織

えくに・かおり
1964年東京生まれ。小説家、翻訳家、詩人。児童文学作品の『草之丞の話』でデビュー。おもな著作に『きらきらひかる』『落下する夕方』『泳ぐのに、安全でも適切でもありません』『号泣する準備はできていた』など。

すぐそばの自動販売機に、今年も缶スープが入った。缶のままのむコーンスープ。きのう夫と散歩にでた。日曜日で、近所の小学校が「校庭開放」というのをしていて、夫はその貼り紙に目を輝かせ、ずんずん入りこむとカゴからボールを勝手にだして、バスケットゴールに投げて遊んだ。私はいまだに学校というものがあまり好きではないのでどうも居心地が悪いなと思いながら、それでもぶらぶらするうちに、ウサギ小屋をみつけてしばらくそれを眺めていた。缶スープに気がついたのは、その帰りみちだった。

あれ、もうそんな時期？　と思った。そう思って、そう思ったことにひそかな感慨があった。ちょっと余裕がでてきたみたい。

気をつけてみていると、自動販売機の商品はしょっちゅう変わる。売れゆきの悪いものは撤去されてしまうらしく、私の好きだった野生のなんとかというブルーベリージュースはなくなってしまったし、スープのような季節物も、夏と冬の衣替えのように単純ではない。秋になると、コーヒーも紅茶も徐々に温かいものがふえ、やがて――秋もかなり深まったころに――ココアが入る。スープが入るのはそのさらにあとで、ほとんど冬のはじめだ。

しかしそんな順番は知らなかったので、結婚した年の秋、私は自動販売機の横をとおるたびに、まだスープが入っていない、と気を揉《も》んだ。今年からスープはやめになったのかもしれない、と思った。

缶スープが好きだったわけじゃない。

ただ、賭《かけ》みたいな気持ちで待っていたのだ。たぶんもうすぐスープが入る。そうすればきっと大丈夫。

結婚一年目は、私の人生のなかで、二度とくり返したくない一年だ。たぶん夫もおなじ意見だろう。

いま思うと、私はなにもかもに疑心暗鬼になっていた。もともと疑い深い性質なのだ。それに加えて結婚というのはあらゆる恋人から根拠を奪うので、どうしたって疑心暗鬼にならざるを得ないのだった。

たとえば一緒に暮らす前ならば、夫が会いにきてくれるととても嬉しかった。会いにくるということは、私に会いたいのだなとわかったから。でもいざ一緒に住みはじめると、夫は毎日ここに帰ってくる。私に会いたくなくても帰ってくるのだ。そのことが腑《ふ》に落ちなかった。ばかばかしいと思われるだろうけれど、どうしても腑に落ちなかった。

「会いたかった?」

会社から帰った夫に訊《き》けばうんうんとうなずくが、そのうなずき方はまるでトラ張子のようでちっとも信用できないし、いくら結婚一年目とはいえ、そんな質問をそう毎日し続けるわけにもいかなくて、私は困り果ててしまった。一事が万事その調子なので、あの一年はほんとうにくたびれた。

無論、そのほかに嵐のようなけんかがくり返されるのだ。

自動販売機で売っているスープというものを、私はここではじめてのんだ。結婚する前、住む場所を決め、カーテンだの食器棚だのを選び、ああほんとうに結婚するんだなあと甘やかに思ったりしていたころだ。

注文した荷物が届くのを待って、朝から空っぽのマンションにつめて待っている、ということが何度かあった。夫は会社があるので、その役はたいてい私がしていたが、一度だけ一緒にしたことがあった。土曜日だったか日曜日だったか、よく晴れた冬の日で、朝の九時からここにいた。

まだ椅子《いす》一つなく、冷蔵庫もテレビもベッドもなく、ただのがらんとした部屋のなかで、夫は自分で持ってきたステレオをくみたてていた。私はそばにすわってそれをみていた。窓から入る日ざしが床に模様をつくっていたのを憶えている。

一体何をしていたのだか、私たちは部屋を一歩もでずに、夜の八時までそこで荷物を待っていた。四件ほどくるはずの宅配便の、一件が夜までこなかったのだ。くみたてたばかりのステレオで音楽を聴き、届いた荷物――食器とかタオルとか――

の梱包《こんぽう》をほどき、あとはずっとならんですわって話していた。そのあいだ、缶入りのお茶を二つのんだほかは一切のまず食わずで。

おもてにでるとすっかり夜で、寒くて、空気が澄んでいて、そのときになってやっと二人とも、

「おなかすいたね」

と言いあった。月も星もでていた。自動販売機の缶スープはあのときにのんだのだった。温かくて、しっかりした質感で喉《のど》から空っぽのおなかに落ちた。身体に栄養が吸収されるのがわかる、という感じ。

一年目の冬、自動販売機に缶スープが入るのは随分と遅かった(ような気がする)。あのときのあれは幻だったのかもしれない、と思った。空腹にも気づかずに空っぽの部屋のなかにいたあれは。

私はほんとうに臆病《おくびょう》だなあと思うのだけれど、もうやめよう、と思うとほっとする。どんなことでも。幻だった、と思うのも一緒だ。いっそさっぱりする。そういえば、昔、従兄《いとこ》によく「根性なし」と言われた。

そうしてそれでいて、自分でもいやになる切実さで缶スープを待っていた。毎日

販売機までみにいった。一年目の冬のはじめ、それをみつけたときには、だから、ああ、と思った。ああ、これできっとまだ大丈夫。

それが今年は、あれ、もうそんな時期？　だったのだ。余裕というか、鍛えられたというか。

結婚を決めたとき、勿論《もちろん》私はこのひとと一生涯はなれられないと思っていたのだが、そう思っていたのは私（と夫……たぶん）だけだったらしく、周囲はみんな、（失礼にも）一年もつかどうかだと言っていた。結婚記念日には母から花束が届くのだけれど、そこに添えられた言葉は、去年もおととしも、お祝いというより驚きの言葉だった。

ほんとうのことを言えば、でも私も半分驚いている。そうしてそれは、夫の寛容によるものだろうなあと思う。

夫の寛容。

これはもう、我が家のキーポイントだ。それなしではにっちもさっちもいかない。でも、私は都合よく思うのだけれど、寛容などというものは、夫婦の一方が持っていればいいのではないかしら。両方が持っていたらかえって困るかもしれない。

夫にそう言うと、

「俺はべつに困らないよ」

と言うのだが、でも、片方が寛容を備えているのなら、もう一方は情熱を備えていなくては、というのが私の主張。

「情熱ねえ」

夫は苦笑する。

「いっぱい持ってるもんねえ」

そうよ、と、私は半ばひらき直って認める。危機がやってきたとき、寛容と情熱が私たちを辛うじてつなぎとめるのを知っていた。

「ま、ほどほどにね」

夫は言い、

「ほどほどの情熱なんてつまらない」

と私は言う。

どうやら、まだ缶スープを信じているらしい。

# 鰈と骨湯

池波正太郎

いけなみ・しょうたろう
1923年東京生まれ。小説家。時代小説『鬼平犯科帳』、『剣客商売』、『仕掛人・藤枝梅安』は三大シリーズと呼ばれ、長く愛された。映画好き、グルメとしても知られ多くの随筆を残した。1986年紫綬褒章受章。1990年没。

パリ在住のMさんは、私の小説を愛読してくれているが、その御主人のKさんが公用で帰国されたので、はじめて、お目にかかり、夕飯を共にした。

「このごろは、パリでも、日本の食べものに困らないようになりましたか?」

私が問うと、

「ええ、まあまあですが、やはり、ねえ……」

「日本の、どんなものを、口にしたいとおもわれますか?」

言下にKさんは、

「これです。これなんですよ」

と、刺し身の具《つま》に添えられている穂紫蘇《ほじそ》や、新鮮な茗荷《みょうが》を箸でつまみあげて見せた。

そこで、私は、親しくしている外神田の小体《こてい》な料理屋〔花ぶさ〕のおかみさんに、新鮮な具を用意してもらい、Kさんの帰国の前夜に、ホテルへ届けることにした。

当日、私は若い友人と共に〔花ぶさ〕へ行き、酒飯をした。

二、三年前まで、この店の調理主任をしていた今村君は、

「少し、外の仕事を見て来たいのです」

申し出て、今は他の店へ移り、そのかわりに大山光紀が入って、主任をつとめている。

またしても気学のはなしになるが、誠実な大山君は、一昨年、去年と衰運の底にあった所為か、責任のある場所へ坐って、いろいろと悩んだようだが、いよいよ今年の春から盛運を迎え、出す料理の盛りつけにも、その明るい気分が出てきたよう

におもわれる。

青柳とサヨリの黄味酢。

マグロの饅《ぬた》。

鶏とネギの吸い物。

いろいろと食べたが、鰈《かれい》があるというので、友人は塩焼きにしてもらい、私もそうしようとおもったが、そのとき突然に、私の脳裡へ母方の亡き曽祖母の顔が浮かんできた。

曽祖母は、私が小学校の三年生になった夏に老衰で死んだ。

子供のころから暴れまわってばかりいて、憎まれ小僧だった私を、もっとも可愛がってくれたのは、この曽祖母だった。

曽祖母は、名を浜《はま》といい、若いころは、大名（松平遠江守）屋敷で奥女中をつとめ、殿さまの〔お袴たたみ〕をしていたそうな。

浜は、徳川の御家人の今井義教と夫婦になったが、明治維新後の徳川方の落魄《らくはく》ぶりについてはいうをまたぬ。

この曽祖父母には子が生まれなかったので、下総・松平家の江戸家老の三男に生まれた教三を養子に迎えた。

これが、私の母の父ということになる。

「世が世ならば、お前さんのお祖父さんは、腰に二本差していたのだよ」

などと、曽祖母は私にいった。

子供の私には、何が何だかわからなかった。

私が知っている祖父の教三は、腕のよい錺《かざり》職人だったからである。

徳川の天下ならば、家老の三男が職人に落ちぶれることもなかったのに……と、曽祖母は言いたかったのだろう。

曽祖母は、私が軽い病気にでもなると、かならず、お粥《かゆ》をつくり、鰈のような白身の魚を甘辛く煮て食べさせた。

子供のころの私は、魚よりも肉のほうだったが、白身の魚の煮たものは、どういうわけか好きだったらしい。

食べ終わると、曽祖母は皿に残った骨や皮を煮汁ごと茶わんへあけ、これへ熱湯をそそいで、

「ほら、ソップだよ。滋養になるからおのみ」

と、いう。

「ソップ」すなわち「スープ」のことなんだろう。

魚の皮や骨へ熱湯をそそいでのむ。これを「骨湯《こつゆ》」という。

その言葉を知らない曽祖母ではなかったろうが、いつも「魚のソップ」といっていた。


〔花ぶさ〕で、鰈の煮たので御飯を食べ終えた私が、皮と骨を茶わんへ入れるのを見て、商社につとめている若い友人が、

「お宅の猫ちゃんにでも、持って行くんですか?」

ふしぎそうにいった。

「いや、猫のお父つぁんがのむんだ」

「……?」

私が熱湯を茶わんにそそいでもらうのを、まだ三十にもならない友人は、目をまるくしてながめている。

「君は、こういうの、やったことないかい?」

「ありません」

骨湯をのみ、中の皮や骨をしゃぶる私に、

「そんなの、旨いですか？」

「ぼくには旨いよ」

やがて、私たちは帰途についた。

Kさんに持って行ってもらう刺し身の具やワサビ、海髪《おご》などを入れた箱をホテルのフロントへあずけてから、私は友人と別れ、帰宅した。

例によって、明け方まで仕事をしてからベッドへ入り、夢を見た。

夢は毎夜のごとく見るが、この日は曽祖母が夢の中にあらわれた。

曽祖母と私が、蕎麦屋にいる。

なんと、この蕎麦屋が、私の小学校の同級生・山城一之助の家なのだ。

山城君が子供のころ、御両親は下谷の竹町で〔万盛庵〕という蕎麦屋を経営しておられ、曽祖母は銭湯の帰りに、よく私を連れて行ってくれた。

夢の中の蕎麦屋が〔万盛庵〕だという証拠に、子供の山城君が店の片隅に立ち、ケン玉で遊んでいるではないか。

蕎麦が二つ、運ばれて来た。

曽祖母は、天ぷら蕎麦だ。

私のは、蕎麦の上に鰈の煮たのがのっている。

「大きいおばあちゃん。ソバの上にカレイがのってるヨ」

私がいうと、曽祖母は、

「おあがり。滋養があるんだよ。そのオソバは。かい、カレイ南ばんだからね」

と、いう。

夢のことだし、あとのことは、よくおぼえていない。

翌日の夕暮れとなって……。

例のごとく、家人が、

「今日の御飯、何にしましょう?」

と、書斎にあらわれたのへ、

「蕎麦のカケの上へ、鰈の煮たのをのせて食べたら、旨いかね?」

家人は眉を顰《しか》めて、こういった。

「そんなの、猫だって食べませんよ」

# ヨーグルトの冷たい簡単スープ　金井美恵子

かない・みえこ
1947年群馬生まれ。小説家、随筆家。『愛の生活』でデビュー。長いセンテンスを用いた独特な文体で現代文学界をリード。おもな著作に『プラトン的恋愛』、『タマや』、『目白雑録』など。また、映画にも造詣が深く鋭い評論に定評がある。

簡単に出来てしまう料理と、手抜き料理は違います。毎日のことですから、手抜きをしてもよさそうなものですけれど、それは私どものところでは部屋の掃除の方面で盛んにやっておりますから、料理についてはやらなくてもいいのです。

今回は九月号で、雑誌の中ではもう秋なのですが、本屋の店頭に並ぶのは八月のまだ暑い最中。というわけで、夏によく作る冷たいスープで、ビィシソワーズも簡単は簡単なのですが、暑い時期に火を長く使うのは、冷房のきいている部屋では、なおさらとてもじゃないけど、いやだという酷暑の日に作ります。二つに切ったアボカドをスプーンですくってミキサーに入れ、ヨーグルト、オリーヴ油（エクストラ・ヴァージンの、緑色のものが良い）、ニンニクのみじん切り、レモン汁、塩、コショー、白ワインかシェリーも次々と入れて、スイッチ・オン。淡いグリーンのクリーム状にとろっとしたスープが、あっという間に出来上りますが、そこでスープの濃度を見て、濃すぎるようでしたら、ミルクを加えて調節し、イタリア製の黄色い陶器の水差しに入れて、冷蔵庫でよくよく冷やしておきます。

水差しに入れておくと、食卓でスープをスープ・カップに注ぐレードルを使わずにすんで都合がいいのですが、水差しの注ぎ口の作り方の関係上、注いだスープが注ぎ口から垂れて水差しの注ぎ口の下が汚れて、テーブルの上に水差しの底の形にスープの汚れがついてしまう場合があるので、水差しはお皿の上に載せておくのがいいのですが、そこで思い出したのが——長いこと忘れていたのです——少し尾籠な話で恐れ入るのですが、液垂れして、器の底（尻）にまわる急須やしょう油差しや水差しのことを、「女の小便」と言うのだそうで、そういう急須やしょう油差しが食卓に出てくると「あんたたちのパパはそう言った」と、私たちの母は、とっくに死んでいる父の下品さに憤慨していたものでしたが、確かに下品な冗談だと思います。

こんなことを書いてしまったので、冷たいアボカドのスープが急にまずそうになりましたが、カップに注ぎ、薄切りのキュウリと軽く刻んだクミン、ミントの葉を浮かべて、いただきます。ミルクではなく野菜ジュースで濃度を調節しても、味はよろしいですけれど、この場合、色が淡いグリーンには仕上りません。

さて、これがなぜ簡単料理で、手抜き料理でないかというと、ビィシソワーズと比べると明確になります。ビィシソワーズの場合には、バターで炒めたポロネギとジャガイモをスープで煮る、という手順があり、このスープを、ちゃんと家で作ったスープ・ストックではなく、スープ・キューヴで間にあわせようと思うのが、夏の人情というもので、これでは、本当はおいしくないのです。また、夏でなくては冷たいビィシソワーズはあまり食べたくないのですから、やはり、手抜きをしたくなります。スープ・ストックを作るためには、長時間鍋を火にかけておくので家中が蒸し暑くなりますからね。

しかし、御覧のように、アボカドのヨーグルト・スープは、火を一切使いません し、どこにも手抜きのしようというものがない作り方なのです。これにトマトとフレッシュ・モッツァレラ・チーズのサラダ、冷たい物ばかりでは、やはりお腹が冷えますから、小さいステーキを焼いて、タマネギのソテーを付けあわせれば、あっという間に夕食が出来上ります。

アボカドにあきたら、よくスーパー・マーケットで売っている、冷凍物ではない乾燥グリンピースを戻して塩ゆでにしたもの（発泡スチロールのトレイに入ってパック詰めされているもの）を、ミルクと一緒にミキサーにかけ、生クリームを加えたスープも出来ますし、冷凍のアンズやマンゴー、ヨーグルト、パイナップルのジュース、ココナッツ・ミルクを一緒にミキサーにかけた、カリフォルニアで流行しているというスムージー風飲み物は、カレーに良く合います。

暑い日に、タマネギを長時間炒めたりすることに我慢できたら、この果物とココナッツ・ミルクの味のスムージーは、カレーにぴったりの飲み物というより、冷たいスープのようで、口に心地好いものです。

夏は暑くて疲れるので、文章には手抜きをしたくなります。この道には、「簡単」に書けるというものはなく、「手抜き」があるのみですから。そして、むろん、それは季節には関係なく、たくさんいろんな人によってなされています。

# 二月の味

幸田文

こうだ・あや
1904年、作家・幸田露伴の次女として東京に生まれる。随筆家、小説家。露伴没後に発表した「父」「みそっかす」などの随筆で注目を集めた。おもな著作に『流れる』『台所のおと』など。1990年没。

熱いもの濃いものがほしくなるのが二月だと思う。季節としても冬が尽きようとして最も寒いときだし、人のからだも秋の栄養の蓄積がようやく涸れようとして油ぎれになるときだからである。そこで私のうちではいつも、二月は油をふんだんにという主義なのである。餅なども焼いて海苔巻とか菜雑煮などより、あげ餅にしろ、ということになる。お鏡の外側のこちんこちんになりながら内側に柔かいところもあるというのもよし、搗《つ》きたての寒餅でもよし、*四五分の大きさにしたものを、揚げて大根おろしですすめるのがおいしく感じられる。固く乾いたのならからりといくし、柔かいのならふんわりと揚がる。小丼におろしを取り、ちらっと醤油を見せ、揚げたてのきつね色をたっぷりとくるんで一と口にする。どんなに揚げたてで、――よしんば自分の箸へはさんでから餅がぼっとはじけるほど熱くても大丈夫、――そこは大根おろしのつめたさが焼けどなどさせはしない。醤油と油と、餅と大根とが溶けあって、あついものをひやりと食べるうまさはちょっとしたものではないかと思う。好みで醤油の上へ匂いに柚《ゆず》一滴をおとせば味も複雑になるし、もみ海苔やみじんにたたいた芹《せり》をはらりとまいてもいい。揚げたてであることと、おろしを気前よく使うことが必要である。ごま、菜種、榧《かや》、椿、と油はいろいろだが、私の試みたのでは鳥の油がいちばんおいしい。ちょうど鳥が油をどっさりもっている時だから好都合である。黄いろいかたまりを買ってきて自分で溶かして壺にでも貯えておけばいいのである。鳥の油でなま餅を揚げておろしで食べてみると、「冬の味」とはこんなものかと私は思う。

　正月の疲れがひとときりつく廿日《はつか》ごろからは、よく牛の舌を使う。しろうとだから煮かたもなにも知ってはいなくて、ただやたらとやってしまう。若い娘のときには、これがあのモー公の涎《よだれ》にぬめくっていたべろだと思うと、すくなからず取扱いに閉口したが、うまさのことを思えば文句は消えるのだった。塩で洗って鉄鍋の大きいので煮る。なかまで火が通ると引あげてさましておき、随時随意に小口から幾きれでも切る。お酒のさかなにもよし、パンにもよしで便利である。けれども台所を預かるものには、肉よりもその肉を煮たあとに残る塩味のおつゆなのである。もとより脂肪をいっぱいに含む汁である。そのままでは味が濃すぎて使いきれない。昆布のだしにほんの杓子《しやくし》一杯ほどのそれを加えて、菠薐草《ほうれんそう》と豆腐のおつゆをする。それも鍋七輪を持出して、少しずつ豆腐を入れて浮き上ったところをすくっては取り、すくっては取りして吹いてたべる。あたたかくて安くて早くてあっさりしていて、実は相当に味の濃いおつゆなのである。旅館ではよくさかなのあらで引いただしをおみおつけに使う。ああいう生《なま》だしは下手がやるときっとなまぐさいが、タンのひき汁は魚の生だしのようにいやな匂いには誰がやってもならない。もっとも四人前の椀に対して大匙なら一杯を加えれば、充分に味を濃くすることが出来るのだから、においのつく分量でもないのである。しぐれて空の低い日に、もしうちの前に水道、ガスの工夫さん、電線工事屋さんなどがちぢかみながら働いているというような時があれば、私はとっておきのタンのだしを使って、何であれ有《あ》り合《あわ》せに野菜をあれもこれもと刻み込んで、おみおつけをこしらえ、七色とうがらしを添えて持って行きたくなる。「探しても肉はなかったっけが、うまい肉の味がしたってえことよ」とからの鍋を返されること受合いである。二月ゆえの味である。

でも、そんなに残汁に味が放出されてしまうようでは、肝腎のタンはだしがらでうまくあるまい？　の疑いは御無用である。牛の舌なんてものは、そんなに軽っぽいものではない。それに下手を心配することもないのだ。下手は下手なりにたいらな火加減で、あの舌という大きなものをたんねんに煮て、たんねんな味に仕上げるからである。

（一九五七年　五十二歳）

＊［四五分］一分は約三ミリ。

# 豆腐のポタージュ

高山なおみ

たかやま・なおみ
1958年静岡生まれ。レストランのシェフを経て、料理家、文筆家としても活躍。著書に『日々ごはん』『高山なおみのはなべろ読書記』『実用の料理　ごはん』『毎日のことこと』『自炊。何にしようか』など。2016年より神戸在住。

夫は事務仕事がたてこんでくると、とたんに食欲が落ちてきます。お粥や雑炊、うどん、そうめんなど、のどごしのいい優しい味つけの料理ばかりをほしがります。そうとは知らず、せっかくこしらえた料理を残されて不機嫌な私に、「和食や洋食、野菜料理や肉料理とか、ご馳走の分け方はいろいろあるけど、『元気があるときの料理』と、『元気がないときの料理』という分け方だってあるはずだ」と訴えます。くたびれているときは特に、がんばって料理を作られると、食べるのがますます辛くなるのだそうです。ふだんのごはんは大げさなものでなく、簡素なのがいちばんいい。いくら好物のポタージュでも、レストランみたいに完璧になめらかなのが出てきたら、宇宙食みたいで食べる興味がなくなるとまで言います。すり鉢は大好きだけど、フードプロセッサーやミキサーはどうもおっくう。裏ごしなんかもってのほかな私にとっては好都合です。それでこのところ、簡単なポタージュをいろいろと工夫していました。

使う野菜はじゃがいも、にんじん、かぶ、かぼちゃ、ブロッコリー、カリフラワーなどなど、1種類ずつ色を楽しみながら作ります。それぞれの野菜にじゃがいもを混ぜるのも、またおもしろい。とろみ加減もいい具合だし、にんじんとじゃがいもの組み合わせなど、夕焼けのようなハッとする色に胸が踊ります。

まず、ふたができる厚手の小さめの鍋を用意します。作り方の基本は、たとえばじゃがいもとにんじんの場合なら、じゃがいも1個とにんじん1／2本の薄切りを鍋に入れ、水をひたひたに注ぎます（1カップが目安）。バター10グラム、ローリエ1枚、固形スープの素1／2個（2グラム）、塩ひとつまみを加えて、ふたをして火にかけ、煮立ったら弱火に。やわらかくなるまで煮ます。泡立器でなめらかにつぶし（少し粒が残っていても、よくすりつぶしても、その加減はお好みで）、牛乳1カップを加えて混ぜながらひと煮立ち。味をみて、足りなかったら塩少々と黒こしょうをひきます。塩加減はあくまでもひかえめなのがいいようです。

さて、野菜カゴにめぼしい野菜が何もなかったある朝、冷蔵庫にぽつんと残っていた木綿豆腐でためしに豆腐のポタージュを作ってみました。これがなかなかの大ヒット。バターを加えなくても充分にコクがあり「うーん、このつぶれすぎてないところがうまい」と、夫が唸りました。

【作り方】 2人分

**1** 木綿豆腐1／2丁の水けを軽くきってすり鉢に入れ、なめらかにすりつぶします。

**2** **1**のすり鉢に1カップの水を加えて溶きのばし、鍋に移し入れます。

**3** 牛乳3／4～1カップ、刻んだ固形スープの素1／3個、塩ひとつまみ、ローリエ1枚を加え、中火にかけます。

4　泡立器で混ぜながら弱火に落とし、煮立つ直前に火をとめます。塩で味をととのえ、黒こしょうをひいてでき上がりです。
※沸騰させてしまうと、豆腐がまたかたまろうとするのか、モロモロになります。それもまた、おいしいのですが。

# 味噌汁でシメ！

久住昌之

くすみ・まさゆき
1958年東京生まれ。漫画家、漫画原作者、エッセイスト。漫画原作では、作画・泉晴紀氏との泉昌之名義『かっこいいスキヤキ』、作画・谷口ジローの『孤独のグルメ』など。おもな著作に『小説中華そば「江ぐち」』『食い意地クン』など。

居酒屋の座敷で何人かで飲んでて、そろそろお開き、というところに店主が現れ、

「シメになめこ汁をお持ちしましたぁ」

と、お盆に湯気の立つお椀をのせて持ってきた。

「うわぁ、ありがとうございます！　それは最高すぎます！」

俺たちはびっくりして、狂喜するだろう。俺は万歳してしまうかもしれない。

実際すばらしい。飲んだ後に、なめこの味噌汁。

酒を飲み続けた口に、あのちゅるんとした丸いなめこが、汁とともに入ってくる心地よい喜び。

なめこって、清純な感じがする。だらしない酔いが、ハッと姿勢を正される。

もちろんおいしいし、おなかにやさしい。

なめこの味噌汁には、酒飲みを黙らせる、やさしい説得力がある。

だがしかし、その一方で「ああ、もうおしまいか」という一抹の淋しさが、心の片隅にぽっと灯るのも、酒飲みの心理だ。

それを出されたら、観念するほかない。観念の汁物。無念、にも近い。残念、でもある。

「シメ」という言葉には、酒を出す側の「残念ながら」という表情をしながらの、

「金を置いて、出ろ」

という脅迫がある。

いやいや、脅迫は言いすぎた。

親切、好意、善意、感謝の一杯を「脅迫」とはなんだ。

そういうねぇ、キミ、酒飲み、酔っぱらいの自分勝手な考えはやめたまえ。だから、あれだ。そうじゃなくてね。

そう、シメの汁は、やはり自分で決めたい。自分から頼みたい。自分を脅迫するのだ。

「いい加減にしろ。これ飲んで、帰れ、俺」

それなら誰にも文句は言えない。汁を出してくれた店のご主人を逆恨みするような、酔っぱらった馬鹿な考えは、生まれない。そうでしょう。

そういう地点に立って考えるシメは、真剣だ。真剣勝負だ。

生半可な気持ちで、

「すいませーん、味噌汁かなんかできますかぁ、インスタントでもなんでもいいんで」

という甘ったれは、ダメ。「かなんか」「でもなんでも」なんて甘えの最低地べた。

酒と、今生《こんじょう》の別れを惜しむ気持ちで、真摯な態度で選ばにゃあ、いかん。

そうした場合でも、なめこ汁の清純は、かなりの上位。酒との訣別に、ふさわしい味噌汁と言えよう。言えようって、ナニサマだ。

なめこに言われちゃしかたねえや、ハハハ。と、頭をぽりぽり掻《か》く。苦笑いで啜《すす》る、一杯のなめこ汁。

なめこ汁は赤だしでもいい。その場合、細かい賽《さい》の目に切った豆腐が、少量入っていてもいい。ほんの少し、切った三つ葉を散らしたら、もう最高。酒に未練はねえ。って、まだ言ってるよ。

最近のインスタントのなめこ汁もかなりレベルが高くなってる。馬鹿にできない。いや、昔からインスタントを馬鹿になんかしていないけど。

「話はわかった。だが、シメの味噌汁はなめこばかりではないぞ。拙者《せっしゃ》を忘れてもらっては困る」

ずっと黙って聞いていたが、少し笑うようにして手を挙げたのは、身なりのよい商家の倅《せがれ》といった風情《ふぜい》のしじみ汁だ。

しじみの味噌汁。

この出汁《だし》いらず、具材がそのまま出汁でもあるという、優れた食材・しじみ。

肝臓にいい、というのもホントかどうか知りゃしないが、己の内臓にいいことをしているような、酒飲みの罪滅ぼし感がよろしい。

だけど、実際、汁をゴクリと飲み込んだ時、確かにからだによさそうな味がする。なんだろう、あの「滋味」と漢字で書きたくなるような味の正体は。

ネットで調べりゃわかるかもしれんが、ネットで調べてわかったところで、なんだというんだ。酒飲みは「オルニチン」って言葉だけは知ってる。ご都合主義知識。でもあの味がオルニチンなわけはない。ナーンにも身に入ってない言葉。

オルニチンチン問題はおいといて。

しじみ汁の実を、つまり貝殻の中身を、食べるか食べないか論争はしばしば起こる。

自分はどちらでもない。食べたい時は食べる。小さすぎてめんどくさい時は食べない。

しじみの小さな身を全く食べなくても、罪悪感はなくなった。

若い頃は少しあった。作ってくれた人に対して、残すのが悪いような。遥かなる漁師さんに申し訳ないような。

罪悪感の消滅は、歳をとって、人間が図々しくなったせいだと思う。

「あれはもう、出汁が出きったカスだ。そんなカスを無理して食べなくてもいい」と自分に言い聞かせてるフシもある。

でも人がしじみの貝殻を箸の先でほじくって、その身をちまちまと食べている姿は、ちょっとニホンザルっぽくてかわいい。特に老眼の人が、しじみの身を突き回してる時の、あの目が好きだ。なのに、なぜ歯を食いしばり……そんなにしてまで。

「おいおい、しじみ殿。貴殿がそれがしの身から出る出汁で、他の出汁いらずというなら、このあら汁めを忘れてもらっては困る」

とのっそり腰を上げたのが、顔中髭だらけの漁師、あら汁だ。

魚のあら汁。

これもうまい。魚の出汁が凝縮されている。骨の間に魚肉が残ってるがあれは食べんでもよい。しじみにまして、残してもなんとも思わない。

そもそもがアラだ。料理に使って残った部分。そこからまだ出汁を搾り出そうという人間の浅ましさ、あれはカスの中のカスだ。

とまでは言わない。（って、もう言ってんじゃん）

無駄なものを出さない、漁師さんが獲った貴重な食材を、端の端まで大事に使う、知恵だ。捨てるものから滋味を得る、先人の創意工夫。

だけど、無理して骨だらけのアラを食おうとして、骨が喉に刺さったりしたら、大マヌケだ。

まあ、あんまり真面目に考えすぎないで、残したほうがいいと思います。

まあ骨にくっついた身を食うかどうかは別として、あら汁の汁は、うまい。

実際にシメにサービスで出してくれる店があった。少し油が浮いてて熱くてうまかった。

だが、うまいけど、これをアテにもう少し日本酒が飲みたくなる。冷やで。だからダメ。と、いうことに今回はしておこうや。

おこうや、って、なんのつもりで誰に言ってんだ俺。

「黙って聞いておれば、出汁、出汁と、本来の味噌汁の主人公たる具の旨《うま》さをそっちのけじゃあ、わしらの立場がない。のお、蕪よ、大根よ」

ところどころツギあてのある粗末な着物を着た農民の集まりから、弁の立ちそうな涼しい顔をした茄子が、そう言って、隣の蕪と大根を見る。

蕪はちょっと照れ臭そうに下を向いて「へへへ」と笑って小さく咳払いをする。

大根は、困ったような顔をして、大柄のからだをモジモジさせて黙っているが、口元には人のよさそうな笑みが浮かんでいる。


確かに、できたての茄子の味噌汁はうまい。

縦にふたつに切って薄めにナナメに切ったのが好きだ。

何はともあれ作りたてがおいしい。茄子紺色は時間が経つとすぐ茶色っぽくなる。それとともに味もガクーンと落ちる。

酒を飲み終わったところに、できたての茄子の味噌汁がスッと出たら、観念する。もうその日は全て終了。お金を払って帰る。なめこ汁より厳しい。

ぬか漬けの茄子もぬか床から出したてが飛び抜けてうまい。

鮮やかな紫からごく薄い黄色へのグラデーションが目に麗しく、舌に優れて美味である。だがその味も話に夢中になって放っておくと、たちまち失われる。

蕪の味噌汁もおいしい。葉っぱを細かく切ったのを一緒に入れるとなおいい。

蕪も子供にはそのおいしさが、理解できない野菜のひとつだ。

草カンムリに「無」というその名前。

ちょっと禅問答のような野菜名はなぜついた。

これも長く味噌汁に浸けおく、煮おくと、ぐずぐずになってしまい、まことによろしくない。蕪が若干硬いと感じるくらいの味噌汁が、うまい。食堂などではそういう蕪の味噌汁には、ほとんどありつくことができない。

蕪も、ぬか漬けにしてもうまい。葉のぬか漬けも大好きだ。細かく切って、少し醤油をかけるとめしが進む。これは味の素を少し振るとよい。

いかん、味噌汁のことを書くと、ついぬか漬けのことがセットで現れてしまう。

これは俺の育ちのせいだろう。

蕪を先に書いてしまったが、大根の味噌汁は蕪よりもスタンダードだ。

朝ごはんにもいいが、飲んだシメにもいい。大根は薄めの銀杏に切るか、あと、細く棒状に切ったのもおいしい。

大根の汁物界での活躍は、言うまでもない。

けんちん汁。豚汁。のっぺ汁。おすまし。お雑煮にも入る。

それだけでなく、煮物、おろし、切り干しと、日本の野菜料理の中での活躍ぶりはすごい。実は野菜界の首領《ドン》かもしれない。でも温和で、絶対出しゃばらない。

大根の葉も蕪同様、細かく切って味噌汁に入れるとシャキシャキしておいしい。

本体の大根がやわらかくなりがちなところを補って余りある働きをする。スーパーで捨てられるのが残念である。


「………(笑)」

集まりの端で、それぞれのシメ自慢を聞いて、何も言わず顔を見合わせくすくす笑っている夫婦がいる。

豆腐とわかめだ。横で寝息を立てているのは、まだ幼い子供のネギだ。

日本味噌汁界のスタンダードとして、豆腐とわかめの味噌汁も忘れちゃいけない。

これに限って、朝作ったやつの残りを昼や晩にあったためて啜ってもうまい。

作りたてもよし、煮込んでもよし。懐が深い。自分から意見しない。いかなるめし、いかなる酒のシメにも、パッと対応できるのは彼らぐらいだ。いや、それこそこの味噌汁に限っては、冷たくなったのを鍋から直接おたまですくったままを口につけて、それも台所で立ったまま啜るのがうまい。

これは家の者に見つからないように啜るのが、もっと旨くする。

まあ、とにかく、汁物は酒のシメにいい。

酒と同じ流動物で、酒を飲んだ流れで飲めるからだろう。そういう意味で、じゃがいもの味噌汁など、具沢山はあまりシメに向いていない。お雑煮なんて最悪。ってそんなん飲んだシメに出すやつぁいねえか。え？　好き？　いつか餅を喉に詰まらせて死ぬよ。

汁の中でも、味噌汁は日本人の舌に慣れたものだから、親近感がある。身内の味だ。「マズくて食えたもんではない！」なんて味噌汁には、なかなか出合えない。もちろん塩《しょ》っぱいの、水っぽいの、出汁が効いてないのはあるが、そこのジャッジは甘い。

そして熱いからゴクゴクとは飲めぬ。フーフーと吹いて冷ましながら、ズズ、ハァ〜、と飲むところがシメにいい。その姿がシメだ。

さ、もうこれ以上飲もうとするのは諦めなさい、と時間をかけて説得されているようなカタチである。

「お前、やっただろ！」

と上から怒鳴りつけられるのではなく、穏やかな声で、

「まあ、キミもいろいろ辛かったと思う。これで少しあったまってくれ」

と言われているような。

あるいは小学校のクラスで、皆に責められる中、少し好意を寄せてる女子に、

「でもクスミ君だって、今までがんばってたもんね」

と言われたような。反抗心に震えていた感情のバランスが崩れ、涙腺が決壊してしまう。

って、いくつだよ！

すいません。シマらないので、この項、終わります。

# 六月二十七日（金曜）晴

昭和三十三年 ● 古川緑波

ふるかわ・ろっぱ
1903年東京生まれ。喜劇役者、エッセイスト。映画雑誌編集者を経て喜劇の世界へ。エノケンと並び称される一時代を築き、舞台、ラジオ、映画、テレビとおおいに活躍した。おもな著作に『ロッパ食談』『あちゃらか人生』など。1961年没。

芸術座舞台稽古。
三時頃寝て、八時起きは辛い。今日も朝から暑し。PH、多少見る。朝食、アートのパン、シチュウスープ。九時に出る。タクシー、芸術座へ。舞台稽古、二幕目の建築場から始める。大詰迄、三幕目のプリント着。心配してゐた通り、これが全然つまらない。辷り出しがいゝのに、菊田バテたのか、ひどく粗雑なもの。一読くさる。皆も、がっかりする。昼すぎ休憩となり、今夜も徹夜だなんて言ってるから、栄養をとるべく、一人、ホテルのグリルへ。トマトクリームスープ、こゝのは濃厚だが、まるでトマトジュースを温めたやうで、クリームスープの味はない。コールド・ロブスター、伊勢海老の半身が五百円、高いな。これでは腹張らず、今日のスペシアルの中、ボイルドビーフ、ブリスケット。これは、ボイルドディナーのやうなもので、つまらない味。オレンヂ・シャーベット。これで飲食税が入って、千三百九十二円也。馬鹿々々しい。座へ戻り、三幕目の読み合せ、つく〴〵つまらない。この芝居がよければ、俺は又グッと株が上ると思ってゐたのに、こんなことではと、くさる。すぐ舞台で立つ。やり乍ら、これぢゃあ入りもよくなからうと、くさる。五時、又休憩。ダレて、欠伸出るばかり。津田が、九時近くに、一寸抜け出しませうと言ひ、NHK迄タクシー。第一スタヂオで、「夢を呼ぶ歌」の歌だけ録音に行く。「君よ知るや南の国」、メロディーも半分知ってるから、すぐその場で歌詞をうつし、オーケストラで歌ふ。すぐ又タクシー、座へ戻る。こんなひどい脚本書いときながら、菊田一夫あらはれ、稽古を見てゐる。かくて大詰迄、今夜は十一時半すぎに了る。明朝十時に又稽古して、四時が初日の開演なり。タクシー帰宅、十二時半。床に入り、日記。どんなにおそくなろうとも、これだけはやりたいんだ、俺は。

さて、一時半だ。セリフをやり出して、大半入ったので、アド三服み、眠ったのは三時か。

# 「お鍋キュー」のひそかな楽しみ ● スズキナオ

すずきなお
1979年東京生まれ。大阪在住のフリーライター。ウェブサイト「デイリーポータルZ」を中心に執筆中。おもな著書に『深夜高速バスに100回ぐらい乗ってわかったこと』『思い出せない思い出たちが僕らを家族にしてくれる』『「それから」の大阪』など。

「缶ベキュー」というカルチャーがある。ある、というか、それをやっている人はひとりしか知らないのだが、私が所属しているバンド・チミドロのベーシストであるイチノミヤくんが、どこでも手軽にできるバーベキューとして教えてくれたものである。

簡単に言うと、屋外で缶詰を直接火にかけて食べるという行為だ。楽しいけど準備が面倒だったりするバーベキューと違い、非常にシンプル。小型のバーナーやカセットコンロと缶詰さえあれば成り立ってしまう。缶詰の缶を開け、火にかける。しばらくするとグッグッと煮立ってくるので、食べる。おいしい。

このようにシンプルなものであるが、とはいえ、缶べキューに向いている缶詰と、逆にあんまり相性がよくない缶詰があったり、薬味でアレンジを加えるとグッとおいしくなったりと、やってみるとなかなか奥が深いものである。

前述のイチノミヤくんが、冬の楽しみとして提唱しているのが「お鍋キュー」である。野外にカセットコンロを持ち出して鍋をして食べる、というものだ。彼によれば「ひとつルールがあるんだ。食材は近くのコンビニでしか調達してはいけないんだ」とのこと。

考えてみると、これはなかなか難しい。具材になりそうなものが売られていればいいが、そんなにあるだろうか？　だいたい、味付けはどうするんだ？

とにかく、彼が「コンビニの品揃えと、みんなのアイデアが鍋の味を決めるんだ！」と言うから、そうなのだろう。リーダーに従うしかない。

「お鍋キュー」の舞台として選んだのは「新木場公園」。大型クラブ・ａｇｅＨａ

の真向かいにある公園だ。駅からも近く、火が使える便利なスポット（※２０１９年現在、「地面から底が30センチ以上ある脚付きの屋外用燃焼器具」のみ持ち込み可能とのこと）。夏はバーベキューを楽しむ人々で賑わうこの場所だが、冬に行ってみたらずいぶんと静かだった。バーベキュー女子会をしていると思われる一団と、寡黙な釣り人たちの他には人の姿はない。

からっと晴れ渡った冬の昼間、我々〝お鍋キュークルー〟は公園の中ほどのベンチを会場と定めた。

イチノミヤくんがカバンからコンロとフライパンを取り出した。それで準備は完了。この簡単さが最高である。その横に、駅前のコンビニで買ってきた食材を並べる。

新木場駅前にはコンビニが複数あり、お鍋キューの食材集めには最適だ。参加者のみんなで、「これを入れたらうまそう！」「これはやめとくかー」などと言い合いながら具材を選ぶところからすでに楽しいのだった。

さて、実際に鍋料理を作っていこう。まず、昆布と水とキューブ状のダシ（鶏白湯風味）を入れる。このダシさえ入れればおいしくなるんじゃないだろうか。

煮立ってきたところで、冷凍のカット野菜を投入。

ちなみにコンビニを複数回ったが野菜が全然調達できなかった。この冷凍野菜と、一袋だけ売ってたモヤシが今回の貴重な野菜たちだ。「ここにネギ入れたかったなー」という声に「ネギあるよ」と出てきたのは、味噌汁の乾燥具材だった。

そこにちくわとソーセージも加わって最初の鍋ができあがった！

早速食べてみると、これは当たり前にうまい！　ソーセージの歯ごたえが素晴らしい。みんな口々に「うまい！」「最高！」と絶賛しつつ食べ、あっという間に鍋が空に。

まだまだ具材はある。次は大胆に味を変えてみよう。味噌汁の味噌をベースに、調整豆乳を少し加え、焼鮭、カニかま、モヤシ、豆腐、味噌汁の具などを入れた、実際のものとは全然違う、ニュアンスだけの「石狩鍋」に挑戦だ。

食べてみると、鮭があるおかげでグッと贅沢な鍋感が増している。「あれ、パプリカ入れたっけ？」と思わせる鮮烈な彩りのカニかまもスープをよく吸っていておいしい。ときどき、チープな味噌汁の味がどこからかやって来ては去っていく。そのジャンクさもあってか「なんとなく漁師が日常的に食べてそうな鍋」だとぼんやり感じた。なんとなく、でしかないが。

この鍋もまたあっという間にみんなの胃袋におさまり、次はおでんスープをベースにした鍋を作ることに。

大根やロールキャベツ、餅入り巾着を煮込み、味噌汁の具を振りかけてみると、見た目的にはまったくおいしそうではない。

しかし、そこに豆乳の残りを追加すると、ちょっと料理らしい雰囲気が出てくる。魚肉ソーセージも豪快に追加し、コンビニでおでんを買うともらえる柚子こしょうを隠し味に。実際に食べてみると、これが不思議とおいしいのだ。食べたことはない味だけど、悪くはない。

最後に、そこにご飯を入れて締めの雑炊を作った。豆乳のおかげか、クリーミーな味わいが出て、リゾットな感じに。「こんなメニューがサイゼリヤにあってもいいんじゃないか?」ぐらいのレベルだ。

コンロをしまい、さっと鍋を洗い、はい! 片付け終了! 素晴らしい手軽さだ。

夕暮れの空の向こうに富士山を見付けてはしゃいだりしながら公園をあとにした。

「いやー楽しかったね」「本当においしかった!」とみんなで言いながら、帰りに新木場駅前の中華料理屋で打ち上げをしたのだが、そこで餃子を食べたら思わず声が出るぐらいおいしくて、もしかしたらさっきまでの「おいしい！」のハードルはだいぶ低めに設定されていたのでは？　と不安になった。その点、改めて確かめてみる必要がありそうだ。

ところで「お鍋キュー」にはなぜ「コンビニで食材を買う」というルールが存在するのだろうか。後日、その点について提唱者のイチノミヤくんに聞いてみたところ、「面倒くさいからです」と返事が来た。

# 出汁について ● 辰巳芳子

たつみ・よしこ
1924年東京生まれ。母は、料理研究家の草分け的存在である辰巳浜子。日本の食文化、食といのちのかかわりを提言し、また介護経験からスープに着目し「スープの会」を主宰。著書に『辰巳芳子の「さ、めしあがれ」』『辰巳芳子　ご飯と汁物』など。

人と風土の関係を〝食〟の分野を通じ、長期的に観察、実地体験すると、影響力の深遠なることは、親子関係、血縁にもまして根源的なのではないかと考えることがある。

各国各民族の食文化は、人と風土の関係から生まれ、そこに生き続ける人々の資質を生み育み、生命の完成に向かわしめる。

食文化はすべての文化の母胎であり、興味深いことに全く粉飾不可能な文化である。そこに、民族の資質はいやおうなくあらわになり、いたって端的に示される。

〝出汁〟は、日本の食文化の特質の一翼を担っているといって過言ではない。精進出汁を除いては、出汁は海からのたまもので作られる。日本は四面海に囲まれ、私たちは農耕民族であるとともに、海の民である。これをうれしくも無言で示すのが出汁の存在である。

現在の出汁材料は、海や川から、昆布、かつお節、数多くの雑魚、甲殻類、貝類を得ている。折にふれ家禽類、野鳥を用いることもある。精進出汁としては、大豆、かんぴょう、にんじん、しいたけがある。

これらの材料の組合せによる、味と滋養の相乗作用を経験の集積で獲得し、多様なる〝食べ心地〟を編み出したのが、日本の調理である。これらの出汁は、すまし汁、みそ汁、煮炊きもの、あらゆるひたしもの、かけ汁、合せ酢となり、飯を炊く、粥を炊くなどに巧みに用いられる。

日本料理は、出汁を掌中にせずして半歩も歩みだせぬ理由が、おわかりいただけたと思う。

日本の出汁は世界の標準からすれば味覚的に淡く、栄養学的にも力不足に感じられる。私はそれを口惜しがっていた時代もあったが、日本の風土的条件と出汁の相関を、七〇歳過ぎまで観察、体験して、納得したことがある。それは、この多湿の温帯という気候と、度重なる台風による気圧の変動である。愛すべき島国は、見た目ほどしのぎよい国土ではないのである。

脂肪とたんぱく質は、同じアジアの隣国とはいえ、韓国、中国ほど摂らぬほうが、身体が楽で、軽々と働ける。特に、欧米のレストラン業の方法の丸写しなどは、生きてゆきにくい条件となる。

日本の出汁が淡くはあっても、食物の食べ心地の下地となって、毎日欠かさず摂取してゆく滋養は、ありがたくも過不足ないものなのである。

出汁のごとき微量成分は、測定しにくいと聞いた。まして昆布もかつお節、しいたけも、すべて一等品から列外まであり、それぞれ栄養価に差があるから、何をもって標準とするか、大困難である。その上、あらゆる和洋の出汁は、単一の素材からひくことはなく、相乗効果で作る味わいだ。

相乗効果は薬剤でさえもやっと近年、着手した分野である。食物の相乗効果の測定は、薬よりも困難とうかがった。

このような理由からか、栄養学は出汁の効果を取り上げなかった。取り上げえなかった。つまり出汁は、手の届きにくい対象であるゆえに、置き去りにされている。

しかし、よい汁もの、よいスープを飲んだ後の体の反応は——体が手足の先まで温かくなり、それが持続する。単に温かい飲み物を飲んだ場合とは異なるはずである。また、噛んで食すものとも効果が異なる。

栄養学は〝出汁、スープ〟について、新たな視点で取組みをしていただきたいものである。

私どもは、先祖の遺産である体験科学と現代の実証科学の落差の間を、知識と、特に感覚を目一杯駆使して、生きてゆきやすい方法を身辺に確立してゆかねばならない。食に対する責任は、男女、老幼を問わず、わがまま、怠慢はゆるされない。

何事か成しえたい志を持つ人は、日本の出汁くらい、楽々ひけるようでなければ、その志はむなしい。

## 出汁をひけない方の場合

出汁をひけない理由は、「出汁への認識不足、知識不足、時間不足、気力・体力不足、金不足、それにちょっぴり反抗心」かな。

反抗心にも歩み寄り、改善策を提案する。鍋に水一〇カップを入れ、昆布（必ず出汁昆布）としいたけ（日本産原木もの）をともに最低一時間つけておく。出汁が滲出する時間を算出し、大切りにした具材を投じて、汁に仕立てる。鶏の手羽、スペアリブの小片を加えれば、より力になる。

世に鰹本枯節の「でんぶ」がある。湯飲みにこれを小さじ山盛り一杯、湯をさし、浮き実を放つ。煮込み麵、煮炊きもの、炒めものの一助になる。本来「即席そばつゆ」の素として、戦場の父へ母から送ったのが始まりだから。

# 涼しい味

石井好子

いしい・よしこ
1922年東京生まれ。シャンソン歌手、エッセイスト、実業家。1963年、初の著書『巴里の空の下オムレツのにおいは流れる』で日本エッセイスト・クラブ賞を受賞。著書に『女ひとりの巴里ぐらし』『バタをひとさじ、玉子を3コ』など。2010年没。

仕事で大阪へ行った帰り、京都に立ち寄って南禅寺の瓢亭で食事をした。女二人、手入れのゆきとどいた小部屋でさし向い、庭をながめながら食べた昼食は楽しかった。

まず魚そうめんが出て「もう初夏だな」と、思いをあらたにした。魚そうめんのさらっとした口あたりが好きだ。白ゴマのかかったうす味のつけ汁もおいしかった。

はものおすいもの、はもの子と小芋のたきあわせも初夏の味だった。たべ時でたべた鮎は小ぶりで、「今頃の鮎がおいしいわね」と同じ事を同時に云いあったりした。庭の青葉も美しく、時々おどろく程の水音をたてて泳ぐ鯉を眺めのどかな時を過した。

鍵善のくずきりをたべる時間がなかった事は残念だったが満足して帰京した。

鍵善のくずきりも夏のものである。吉野くずをかためてうすく、きしめんのように切ってつめたくひやしたのを黒みつ、白みつ、好みにまかせてたべる。

夏になるとそんな京都のたべものが懐しいのだが、東京に住む身ではそれはぜいたくな夏料理である。東京の生活の中では季節感のあるたべものは少なくなった。しかし考えてみれば、家庭でも夏だけ作るという料理もある。

私は料理が好きだから、いつも台所に入っている。朝起きてまず台所に入り、帰宅してまず台所に入るといった具合である。

暑くて食欲のないとき、ちょっとお腹のすいたときにおいしいのは何といっても冷そうめんだと思う。冷そうめんにパラパラとゆずの皮をすってこい目の汁でたべる。ゆずの香りがすがすがしくて思わずおかわりをして了う。

冷そうめんはむしろ魚やえびをあしらったり、寒天でかためたりと手を加えず、ゆず又はうす切りの青じそ、みょうが等をふりかけてたべるのが私は好きである。私にとって冷そうめんと共に夏がくると云ってもよいかもしれない。

パンなどもそもそと暑くるしく感じるときつめたいクリームスープは食欲をそそる。ヴィッシー政権のあったヴィッシーの名をとってつけたヴィシスワーズというスープだ。

このスープはフランスではあまり有名ではなくアメリカのレストランのメニューでは必ずある。もしかしたらアメリカ人の作り出したフランス風スープなのかもしれない。

じゃが芋・人参・セロリ・玉ねぎ・ねぎをざくざく切ってバタでいため鳥のスープで柔らかくなるまで煮る。これを濃くして冷たくひやし、生クリームまたは牛乳を入れて、つめたいところをガラス器にもってたべる。

口あたりがよい上に栄養満点、そしてお安いスープである。

かき氷などガラス器の廻りに盛ればお客様にも感激されるスープである。

夏は野菜が出まわるから前菜も野菜だけで作るとよい。トマトのうす切りに玉ねぎ、ゆで玉子のみじん切りをのせフレンチドレッシングをかける。

きゅうりもうす切りにわけぎのみじん切りをまぜてフレンチドレッシングであえる。

じゃが芋もゆでてうす切りにしてきゅうり同様にあえる。

人参は千六本に切ってフレンチドレッシングであえパセリのみじん切りをパラパラとふりかける。

こんな前菜も楽しいものである。

夏の飲みものといえば私はすぐ麦茶を思う。それからもう一つ、私の好物は水瓜《すいか》ジュースである。

水瓜はそのまま食べるほうがおいしいと人は云う。しかし、行儀悪くがぶりとかぶりつき、口の廻りを汁だらけにして食べるのならよいけれど、スプーンで一口ずつすくってたべるならジュースにして冷したのを飲むのが私はおいしい。

# 貧寒の月というけれど

獅子文六

 しし・ぶんろく
1893年神奈川生まれ。小説家、演出家。劇団文学座創設者のひとり。『海軍』で朝日文化賞受賞。『娘と私』『てんやわんや』など多くが映像化された。食通としても知られ『食味歳時記』『飲み・食い・書く』などの随筆がある。1969年没。

演劇関係の亡友に、長田秀雄という人がいたが、酒好きで、しばしば私と会飲した。彼は、どこで聞いてきたのか、飲酒家は、一年のうち一カ月を禁酒して、体から酒の気を抜くと、害を受けぬと信じ、それを実行してた。そして、一カ月間禁酒を行うのは、毎年、二月だという。二月は月が短いから、トクだという計算らしい。

「それに、二月は、食べもののマズい月ですからね。酒の誘惑も、ありませんよ」

と、いってた。

その当時は、私もそう信じてたが（つまり、二月は食味に恵まれない月であることを）、よく考えて見ると、あながち、そうもいえないのではないのか。

二月と八月というのは、一年のうちで、商人の景気の悪い月とされてるが、食べものの方から見て、八月は、確かに恵まれない月である。わずかに、下旬に入って、新秋を想わせる食物に、ありつくだけである。

しかし、二月の初頭は、まだ寒中であり、日本独特の寒の美味というのがあり、事実、月一ぱいの寒気は酷しいので、冬の食物の魅力は、続くのである。八月と、どっちを選ぶかとなれば、私は、躊躇なく、二月がいいと思う。

例えば、鍋物――これは、正月に続いて、二月の愉しみとなるだろう。鍋という台所器具を、座敷に持ち出して、直接、箸をつけるという習慣は、日本では、そう古いものではない。

「八笑人」なぞを読むと、すでに江戸人が鍋物を食べてたことがわかるが、恐らく、それ以前を遠く溯るものではあるまい。自分の好みで調味して、家族か親友と、隔てない気持で食べるところに、意味があるが、やはり、熱いものを、ジカに食べる、寒さ凌ぎの目的が、主だろう。その証拠に、鍋物は、九州よりも東北地方が、発達してるし、味もすぐれてる。

戦前も、ずっと前のことだが、私は、新宿の〝秋田〟という家で、ショッツル鍋の味を覚え、すっかりファンになった。ショッツル汁を入手して、自宅でも試みたが、どうしても、本場へ行って、食べたくなった。初冬の頃だったが、夜汽車で秋田へ行くと、雪が積ってた。

それで、一層、鍋の味を恋しく感じたのだが、いかんせん、一人旅で、且つ土地不案内。仕方がないから、旅館で註文したら、どこでもやる料理らしく、午食の膳に出てきた。でも、貝鍋は用いず、アルミ鍋で、魚も、季節のハタハタでなく、鱸（すずき）だった。ただ、野菜は、新鮮な芹で、これは、ショッツル鍋に、最高のものと思った。

しかし、美味という点では、翌日泊った温海（あつみ）温泉の宿で頼んだ、ショッツル鍋の方が、優ってたが、材料は、鱈だった。一緒に出た松葉蟹の味も、忘れ難かった。

そして、一昨年だったか、羽黒三山へ詣でた帰りに、秋田へ泊り、鍋もの専門の料理屋で、試食したが、特にいうほどの味でもなかった。ショッツル鍋などというものは、料理屋や旅館で食うより、土地の家庭で、味わわして貰う方がいいのだろう。家庭料理なのである。だから、わが家のショッツル鍋を、決して軽蔑できない。東京では、いい芹がないので、白菜を代用し、魚も、ヒゲ鱈があれば一番だが、近海のホーボーや小鯛を用いて、結構、満足できる。鍋も、江の島土産の貝鍋を使う。肝心のショッツル汁だけは、上等品に限るのだが、私は、鉄道関係の人に頼んで、秋田から取り寄せるけれど、近頃は、東京のデパートでも、入手できるようである。

ショッツル鍋が好きになるのは、チリ鍋の愛好者が、新味を求める場合が多いが、チリ鍋そのものを、忘れる人は少い。チリ鍋は、依然として、その魅力を失わないのである。チリ鍋がショッツル鍋に優る点は、つけ汁の橙の香りもさることながら、豆腐の味の愉しみがあるからだろう。ショッツル鍋には、コンニャク類は適しても、豆腐は、せいぜい焼豆腐でないと、味を悪くする。豆腐の水分が、ジャマをするのかも知れない。しかし、チリ鍋の場合は、豆腐なしには、意味がないのである。それも、良質の豆腐に、越したことはない。

大磯に住んでると、魚が新鮮だし、柑橘類の北限地帯だから、チリ鍋を試みることが多いが、幸いにして、豆腐も、わりと、いいものがある。平塚も、いい豆腐があるが、あの附近の豆腐水準は、わりと高いのである。

大磯の豆腐屋さんも、主人が軽四輪車で行商する世の中となったが、この間、散歩の途中で、彼と会ったら、

「吉田さんも、惜しいことをしましたね」

と、私に挨拶した。

吉田茂の死んだ直後だったが、一体、この豆腐屋のオヤジは、その日につくった豆腐のうちで、よくできた部分を、吉田邸と私の家へ届けてくれるのを例とした。ワンマンも豆腐好きだったらしいが、私もそれに劣らないことを、彼は知ってたのである。

「もう、うちの豆腐も食べて、頂けねえと、思うと……」

といって、彼は手の甲で、涙を拭った。ほんとに、泣いてるのである。自分のつくった豆腐にそれだけの自信と愛着を、持ってるからなのだろうが、いま時の職人に珍しい心がけと思って、私は感心した。

「まア、おれの生きてるうちは、できるだけ、沢山、豆腐を食うようにするから

な」

と、彼を慰めて、別れた。

確かに、チリ鍋の豆腐はウマいが、しかし、ほんとに豆腐の好きな人（例えば、僧侶）は、湯豆腐鍋の方を、選ぶだろう。私なぞも、夏の冷奴よりも、冬の湯豆腐を愛する方だが、豆腐の選択、そして煮方と考えると、なかなかバカにならぬ料理である。いい豆腐といい昆布を、適度の火加減で食うのが、道であるが、醬油と調味料も厄介である。醬油の質は、戦後落ちたけれど、それを、削りカツブシでゴマかすのは、愚である。私は化学調味料を、あまり好かないが、豆腐には、まだ合うと思ってる。しかし、何も用いず、生醬油で食うと、案外、ウマいのである。豆腐好きの坊主は、カツブシも、化学調味料も、味をジャマするといってるが、一理あると思う。

考えようによっては、湯豆腐は、鍋もの料理の王者であるが、それと反対の下賤の位に相当するのは、ハマ鍋ではないかと思う。

ハマ鍋は、剝きハマグリを味噌で煮るのだが、以前は、東京の小料理屋で、よくお目にかかった。ことに、品川や羽田では、名物のようにいわれた。最も下町風な、そして、東京的な野趣を持った鍋料理だが、必ずしも、マズいものではない。ハマグリが新鮮で、味噌が上等でなければならぬが、それよりも、食う頃合いに、気をつけねばならない。煮えたか、煮えないかという時が、美味で、ハマグリも柔かいのだが、それを過ぎると、始末が悪い。味噌を用いるのも、火の効き過ぎない用心なのだろうが、酒でも飲んでると、つい、固くなってしまう。添え野菜は、ネギと焼豆腐だが、牛豚肉が常食とならぬ以前に、東京の職人あたりは、ハマ鍋で満足してたにちがいない。要するに、上等の料理ではない。同じようなものでも、カキ鍋の方には、鉄火趣味はない。しかし、カキ鍋も、関西のカキ船へ行って、カキの酢のものから始まって、カキ鍋、カキのフライと出てくると、ゲンナリしてしまう。単一料理というものは、どんな材料を用いても、そうウマいものではない。例外は、フグだけだろう。

最も下賤な鍋ものとして、馬肉鍋があるが、私は、ふと人に誘われて、その味を知り、これを蔑視できなくなった。私は老人であるから、牛肉を多食することを、医師から戒められてるが、馬肉は味が軽く、繊維も柔かく、甚だ好適である。老人の肉食として、これに過ぎるものはあるまい。

東京で馬肉鍋の老舗が、吉原と深川と、二軒あるが、味噌タレを用いることに、変りはない。味噌で獣肉を煮ることは、日本古来の習慣で、牛肉なぞも、最初はそのようにして食べたらしいが、馬肉の場合、最も適合した料理法だろう。そして、馬肉鍋のことを、サクラ鍋と呼び、猪鍋のことを、ボタン鍋と称するのも、日本人らしい風流である。私にとっては、松阪肉のスキヤキより、老舗のサクラ鍋の方が、結構であって、若い男女が馬肉を軽蔑し、従って、値段も安いのがありがたい。第一、馬肉の生産は少いだろうから、誰も馬肉の味を覚えたら、奪い合いの食品になるかも知れない。

＊

中華料理や朝鮮料理には、独特の形をした鍋料理の鍋があって、一種の寄せ鍋を食わせることは、人の知るとおりだが、欧米の料理には、その例を聞かぬようである。

これは、欧米人が、舌を焼くほど熱いものを好まぬからだろう。大体に於て、彼等は猫舌である。フウフウいいながら、ものを食うという表現は、全然、彼等の食欲を誘わない。

しかし、料理を冷めないうちに食う用意は、彼等も、充分に行ってる。皿を暖めることも、料理場から食卓への運搬時間を、やかましくいうのも、その一例である。ことに、冷めたスープに対しては、顔をしかめない者はあるまい。

彼らだって、料理は熱いうちに食うべきことを、よく知ってるのだが、鍋ものという料理は、発明しなかった。ロシアなぞ、寒い国だから、鍋料理がありそうなものだが、私は聞知しない。

なぜ、食卓に鍋を運ばないかと、考えるのだが、台所と食卓との観念的区別が、強いことも、一因だろう。また猫舌の点もあるだろう。しかし、それよりも、食卓でものを煮る燃料に、適当なものがなかったからではないか。彼等の炊事用燃料は、以前は石炭か、木材だったが、どれも、食卓には向かない。

そこへいくと、わが国では、木炭という重宝なものがある。煙も、臭気も出さず、座敷で使用するに、便利である。どうも、木炭があったから、日本で鍋料理が進歩したと、考えられる。もっとも、フランスでは、木炭がないことはない。シャルボン・ド・ボァと称して、売ってる。木の石炭の意である。しかし、どんな場合に用いるのか、私は知らない。以前、フランス映画で、木炭で魚を焼くのを、見たことがあるが、それはマルセーユが舞台だった。パリでは、どうするのか。

西洋に日本風な鍋料理のないのは、確かだが、煮て食うのでなく、暖めて食う目的だったら、鍋を卓上に持ち出す場合もある。パリのモンマルトルに、有名なノルマンディ料理屋があったが、そこの名物は〝トリップ・ア・ラ・モード・カン〟と称するもので、豚の胃袋の料理である。豚の胃袋は、非常に脂こいもので、熱いうちに食わなければ、口の中がニチャニチャしてしまう。そこで、鍋のまま卓上に持ってくるか、アルコール・ランプの上へ、載せてくる。すでに調理したものを、温度を落さないために、そんな仕掛けをするので、煮て食うとはいえない。従って、鍋料理とはいえない。とにかく、大変シツコイ味だから、酒もブドー酒でなく、林檎酒を飲む。林檎酒の酸味が、脂肪を消すからである。

右の料理の外に、日本でもこの頃ボツボツ始めた、マルセーユ料理の〝ブーイヤベス〟も、アルコール・ランプと共に、卓上に出す場合がある。あれなぞは西洋寄せ鍋であって、日本人の嗜好に適すると思うが、逆に、フランス人に日本の寄せ鍋を食わしたら、喜ぶかも知れない。いつも、スキヤキとテンプラでもあるまい。しかし、日本の〝ブーイヤベス〟は、サフランの添加が少いので、もの足りない。あの薬草の匂いが、魚臭を消し、その上、あの料理独特の魅力となるのである。

といっても、要するに、アルコール・ランプで保温する、鍋料理である。ナマのものを煮て食う、日本の鍋料理とは、本質を異にする。どちらがウマいかということになれば、後者だと思う。日本流だと、自分の好きな煮え加減で、食うことができる。これが、大きな強味である。しかし、夜食に礼服をつけて、食卓に臨む英国人の趣味からいえば、鍋料理は、外道にちがいない。日本でも、封建時代だったら、鍋料理なんて、町人か足軽の食物だった。武士の家庭では、思いも寄らぬことだろう。その頃は、台所と座敷の区別が、厳然としてたのである。そして、男子は庖厨に入ることを、忌んだのである。しかし、現代の日本は、ダイニング・キッチンとか称して、台所と食堂を合体させるのが流行だから、わざわざ鍋料理を食わなくても、すべての料理の鍋と火は、眼前に見られることになった。従って、男子にとって、台所のオフ・リミットは解かれたというものの、皿洗いを命じられることも、覚悟しなければならない。

*

二月の食物というと、私には、忘れ得ざるものがある。それは、私が二月に食べるもののうちで、最高の味であり、そして、もう、生涯、食う機会もあるまいと思うので、特記せざるを得ない。

　私は終戦の年の暮れに、亡妻の郷里である四国の宇和島在に、疎開したのである。戦争が済んで、疎開するなんて、間が抜けた話だが、実は、すでに疎開してた神奈川県の海岸の町が、戦後になって、一層、食物の窮迫を告げ、どうにも堪らなくなって、再疎開ということになったのである。妻の郷里は、物資豊富と、聞いたからである。

　果たして、私の家族は、飢えずに済んだ。その上、疎開者の肩身狭さも、知らずに済んだ。というのは、私が借りた家が、土地の素封家の離れ家で、その持主が、大変、私を厚遇してくれ、あらゆる世話を惜しまなかった。私は彼の紹介で、土地の有力者たちと懇意になり、その人々も、十年の知己のように、私を扱ってくれた。

　そこは、海と山とに挟まれた、細長い町で、中央に、川が流れてた。私の家も、川に面してたが、石塊の多い河原を、清流が流れ、夏は鮎が橋の上からも、釣れた。ハヤやウナギも獲れた。そういうものは、皆、土地の人が頒けてくれるから、海の幸の他にも、私の食膳を賑わし、再疎開の目的は、達成された。

私はその町に、約二年いたのだが、その間に、二回、二月という月を迎えた。そして、曾て知らざる早春の珍味に接し、疎開者としては、あまりにも幸福な自分を、感謝しないでいられなかった。

それは、白魚なのである。土地の人は、それを、シライオと呼ぶが、どうも、東京あたりで見る白魚と、同種のものとは、思われない。非常に小型で、白魚というより、シラスに近いのである。見たところ、極めて貧弱であるが、土地の人は、小型であることを、自慢にしてる。例えば、宇和島でも、白魚は獲れるが、ずっと、形が大きく、遥かに、風味が劣るという。

「あがいなもん、食われますかい」

と、土地の人は、蔑視してる。

その小型の白魚が、海から川へ溯上してくるのが、二月なのである。それも、せいぜい、十日間か、二週間の短期間に過ぎない。

その代り、大群が溯ってくる。私はその現場を見たが、川の水が瀬となって、音を立てるあたりを、魚群がチリメンのような水の皺を、呈するので、すぐ、それとわかる。しかし、透明な魚だから、側へ寄っても、一疋の姿を捉えることはむつかしい。

それを、四ツ手網のようなもので、掬い上げるのである。無論、私には、そんな芸当はできない。土地の人がやるのだが、彼も素人で、漁師ではない。白魚は、魚屋で扱わないから、もの好きな人が、漁をするに過ぎない。そのもの好きな人は、土地の有力者に多かったから、私と交際があり、獲物も届けてくれるのである。その恩恵を、謝さねばならない。魚屋で売ってない品物だから、普通には、口に入らないわけである。

最初は、ナマで食って見ろといわれ、いわゆる白魚の踊り食いというのを、試みた。生きてるのを、ポン酢で食べるのだが、口の中で動くようなものは、イカモノであって、好味とはいい兼ねた。

それで、最初は、土地の人の自慢を、信じなかったのだが、やがて、亡妻が郷土風の白魚汁をつくってくれ、それを味わって驚いた。こんなウマいものが世にあるかと、感じ入った。

それは実にヤボな料理であって、人参と椎茸のセン切りを湯煮にして、その中に多量の白魚を投じただけの吸物である。都会風の白魚の吸物は、美人の子指のような数疋の白魚と、僅かな青味が清汁に浮いてるだけだが、ここの白魚は、一見、中華料理の羹（あつもの）のように、雑然として、且つ、トロトロしてる。そのヌメリは、多量の白魚から生ずるもので、まるで、カタクリ粉を混じた観がある。そして、生きた白魚でないと、そのヌメリが出ないことも、度々の経験でわかった。

その味は、酒のサカナによく、また、飯のオカズに向き、つまり、一家の誰にも歓迎された。郷土料理というものは、主人だけの食物でないところに、特色があるのだろう。

二月の食味として、これ以上のものを、知らないが、私があまり激賞するので、昨年、その土地の旅館の老女将が、飛行機で上京する時に、獲れたてのものを、持参してくれた。

軒につるす、ガラスの金魚鉢へ、白魚を入れて、持ってきてくれたのは、おかしかったが、彼女の苦心の甲斐もなく、白魚は、もう、死んでいた。

「松山で、飛行機に乗る時までは、まだ生きとりましたんやけど……」

しかし、空港で、水の補給をしたのが、かえって悪かったらしく、それから、急に勢いが弱ってしまったそうである。

それにしても、彼女の親切がうれしく、私は、早速それを、食膳に上すことにした。死んだ白魚といっても、死にたてであることは、まちがいなく、また、普通、東京で食う白魚は、常に、死んでるからである。

そして、妻に、料理法を授けて、あの土地風の白魚汁にしたのだが、味は、決して、悪くなかったにしても、あのヌメリの舌触りは、ついに、望むべくもなかった。

# いただきものばかり

吉本ばなな

よしもと・ばなな
1964年、東京生まれ。小説家。87年『キッチン』で第6回海燕新人文学賞を受賞しデビュー。著作は30か国以上で翻訳出版され国内外での受賞も多数。近著に『下町サイキック』。noteにて配信中のメルマガ「どくだみちゃんとふしばな」をまとめた文庫本も発売中。

夕方、急に雨が降り出した。

二歳半の息子といっしょにともだちのポルシェに乗せてもらっているあいだに、みるみるうちに空に暗い雲がぐんぐん広がっていくのを見ていた。

チビは初めて乗るポルシェにおおはしゃぎしていたが、ともだちが車の天井を開けてオープンカーにしてくれたら、ただ静かに「オープンブーブーだ……」とつぶやいていた。ほんとうにびっくりしたりうれしかったりすると、人は騒ぐよりもつぶやくのだなと思った。

顔に大粒の雨が落ちてきても全然気にせずに彼はオープンカーに乗ることを楽しんでいた。

その日は午前中に韓国の知人から、考えられない量のキムチと韓国海苔が届いていた。

普段は人の相談に乗る大変なお仕事をしている人だが、電話の声は韓国の普通の「オンマー」の声だった。

「少しすっぱくなったらね、スープを作るといいよ、豆腐だけ入れてね！」

豆腐がなかったので、中華だしに白菜キムチとにんじんと韓国海苔を入れてちょっと煮込んだスープを作った。

韓国海苔のおかげでごま油の香りもついて、少し辛いので食べるとたくさん汗が出た。体がすっきりするような汗だった。

それから、いただきもののかつおのたたきにしそとにんにくとみょうがときゅうりを添えて、塩だれをかけた。

海ぶどうはごま油とナンプラーと酢とゆずこしょうのドレッシング（枝元なほみさんのレシピです）で食べた。海ぶどうはドレッシングにつけておくとすぐ浸透圧で小さくなってしまうので、つけながら食べなくてはいけないことを、沖縄で学んだ。

前述のキムチスープを温め、そして戻したセンレック（タイの幅広米麺）とトマトとパッタイペーストとにんにくで作ったなんとなくイタリアっぽいパッタイがメイン。

チビは海ぶどうとパッタイをずいぶん食べた。きっとどちらも生まれて初めての味だっただろうと思う。

食後には、お中元でいただいたマスカットを食べた。

まだ自分で上手にむけないチビは、いっしょにごはんを食べていたともだちがこつこつとむいてくれたのをにこにこして食べていた。

ちょっとぶどうをむいてくれること、ちょっと車に乗せてくれること。

周りの人たちのこういう小さい愛情にはぐくまれて、誰もが育ってきたのだろう。

一生のうちで今ほど家でごはんを作ることはないだろうと思う。育児中のごはんは家族のごはんである。家族をひとつに結ぶひものようなものだと思う。なんでもいいのである。楽しくて、家で食べることができれば。子どもが外食を喜ぶようになるまでには、まだ間がある感じだ。

# リスやウサギのつみれ汁

## 伊藤比呂美

いとう・ひろみ
1955年東京生まれ。詩人、小説家。『良いおっぱい 悪いおっぱい』等、育児エッセイ分野でも活躍。著書に『女の一生』『閉経記』『父の生きる』『新訳 説経節』『切腹考』『いつか死ぬ、それまで生きる　わたしのお経』『伊藤ふきげん製作所 思春期をサバイバルする』など。

カリフォルニア住まいといえども、日本の漫画を切らしたことがない。今の愛読書は、『ゴールデンカムイ』である。アイヌ料理の漫画、と人に説明したくなるが、たぶん違う、歴史活劇の少年漫画だ。

時は明治。二百三高地の激戦を生き延びた元兵士とアイヌの少女が旅をしている。その本筋もおもしろいが、二人が旅をしながら動物を狩り、解体して肉を食う。アイヌの味を味わいつくさんばかりにいろんな動物を獲《と》って食うところが、実にウマそうで、食べてるうちに生きる死ぬるの真理にヒョイと届きそうで、たまらない。

ぜひとも食べてみたいのが、リスやウサギの「チタタプ」。小動物の皮をはいで全身を、刃物で、血も骨も叩きつぶす。ほんとは生で食べるそうだが、作中では鍋物みたいな汁（アイヌ語でオハウという）にしてハフハフ言いながら食べている。明治時代の雪の北海道、辺りにはコンビニなんかないのである。読むだけでホカホカと身に沁《し》みてくる。

我慢できなくなって、あたしは近所のスーパーで鶏ひき肉を買ってきた。骨は入ってない上に若鶏だから、いやが上にも柔らかい。それで缶詰のシログワイ（ウォーター・チェスナットと呼ばれて、アジア食品売場に置いてある）と生のトウモロコシを混ぜ込んで、骨片みたいなコリコリシャキシャキ感を出し、卵を入れてねっとり感とコクを出し、行者《ぎょうじゃ》ニンニクのかわりにネギを刻み入れ、煮立った鍋に片端からすくい入れてくつくつと煮た。

そして、これはまあ、本で読み覚えたアイヌ料理みたいなものだと言いつつ夫に供したところ、ウマしウマしと夫は喜び、「アイヌ料理は初めて食べる」と感動し、それからチタタプのオハウ、というか鶏のつみれ汁は、我が家の定番料理になったというわけだ。

ところでこの間、まだこの漫画を読む前だったが、わたしは『石垣りん詩集』を編んだ（岩波文庫から出ている）。石垣りんは戦後の現代詩の偉大な詩人で、初期の頃の作品に「私の前にある鍋とお釜と燃える火と」というスゴイ詩がある。

「それはながい間
　私たち女のまえに
　いつも置かれてあったもの」

と始まってこんなふうに続く。

「ある時はそれが赤いにんじんだったり
　くろい昆布だったり
　たたきつぶされた魚だったり」

たたきつぶされた魚って何だろう。わからなくて、昔の料理のことをよく知っている石牟礼道子さんに聞いてみた。すると今年八十九歳、石垣りんより七歳若い石牟礼さんから「魚のつみれじゃないでしょうか」という答えが返ってきたのである。

つみれ。その場でつまみ入れていくからつみ入れと言うのだ、と母が言ってたのを思い出した。

石垣さんより少し若くて石牟礼さんより少し年上のあたしの母も、つみれ汁をよく作った。鰯《いわし》や鰺《あじ》で作った。あたしは青魚が大嫌いだったし、今も大嫌いである。毎度ほんとに食が進まなくて、叱られながら食べたっけと思い出した。今、鶏のつみれのチタタプのオハウもどきを作るたびに、あのとき母が作ったのがリスやウサギのつみれ汁なら、あたしの子ども時代はどんなに楽しく食が進んだことだろうと考えている。

# 黒を食う

辺見庸

へんみ・よう
1944年宮城生まれ。共同通信で記者、特派員として働く傍ら、1991年『自動起床装置』で芥川賞を受賞。1996年、退社して本格的に作家として活動開始。著書に『もの食う人びと』『反逆する風景』『月』など。

こうして旅をしていると、世の中にはたしかにいろいろおいしい食べものがあると思う。

「これは死ぬほどうまい！」と世界中に叫びたくなるほどのものは、しかし、そうはない。

その、めったにないことに、今回ついにめぐりあえた。ほっぺたが落ちる、あごが落ちるどころでない。おいしさに体が震えた。舌が踊り、胃袋が歌いだした。生きてあり、もの食うことの幸せをしみじみ噛《か》みしめた。

それは、一杯の熱いスープだった。

それに出あうまでの道のりの、いやもう、長かったこと。ポーランドはワルシャワの南三百キロの炭鉱の町カトウィツェまで私は旅した。

三十三万人の炭鉱労働者を半分以下に削減する計画がこの国で進行中だ。コスト高、輸出競争力低下で、石炭はポーランドでも斜陽なのだ。煤煙《ばいえん》でくすんだこの町で、労働者たちがいまなにを思い、なにを食べているか、私は見ておきたかった。すごいスープがここで見つかるなんて、無論、夢にも思わなかった。

カトウィツェ郊外のビエチョレク炭鉱を訪ねると、労働組合が二つあった。一つは旧統一労働者党系、一つは「連帯」労組。

意外なことに、前者が組合員千五百人、後者は九百人で相当落ち目。「連帯」は会社に協力的な、いわば第二組合なのだった。賃上げストより、石炭をもととした新製品開発などで生き延びる道を探ることに積極的なのだ。

組合はちがっても食っているものは同じだろうということで、私は「連帯」活動家のお世話になった。

さっそく、炭鉱員には特別の食べものがあるか問うたら「そうさなあ、石炭かな」という答え。冗談なのだが、それなら私も石炭を食ってみようと、朝八時からの早番シフトに加えてもらい、立て坑をリフトで五百五十メートル潜ったのだった。

鯨の胃袋にでも吸いこまれた気がした。あこがれの洗いざらしの紺《こん》の作業衣をつけ、一七九五番の入坑証をもらって労働意欲満々だったのが、しだいに不安になってきた。

こんな地の底なのに、ネズミがいた。不気味である。

採炭現場まで、はじめはトロッコ、次に徒歩で進む。ゴム長が重い。ヘルメットにつけた照明具もやけに重い。動脈や静脈のように伸びめぐっている電線にけつまずき、天井の梁《はり》に頭をしたたかぶつけているうちに、鯨にのまれたピノキオみたいな気分になってきた。

自信過剰を悔いた。歩くだけでたいへんなのだ。仕事もしていないうちから喉《のど》がかわいて仕方ない。たばこを喫いたいが、坑内では厳禁である。ニセ炭鉱員としては、わずか二十分で地面にはい上がりたくなった。

この道十六年のプロの鉱員クハルスキがぐちを言いはじめた。

「女房が宝くじ狂いでさ。五十億ズロチ当てるのが夢なんだ。娘の斜視の手術で親からお金を借りたし……」

ぐちが坑道にこだまする。

「だいたい、二年前に三万ズロチだった牛肉が、あんた、いま六万九千ズロチだよ。わが家のエンゲル係数は七〇パーセント近くで……」

その時である。「バーン」と、鼓膜が破れそうなほどの破裂音。思わずしりもちをついた。近くに木製の梁が一本落ちてきた。クハルスキがかぶさるようにして私を守る。炭層に亀裂《きれつ》が生じただけで落盤ではないというのだが、怖くて怖くて、もう気もそぞろだ。

採炭現場は、それは美しい漆黒《しっこく》の壁なのだった。さっきの恐怖も忘れて立ちつくした。

雲母《きらら》のようだ。まばゆいほど光っている。

黒がこんなにも明るい色とは知らなかった。ここの上質炭が「ユリの花の輝き」と言われるわけがわかった。

巨大な円形の鋼の回転式採炭機がバリバリ音たてて炭層の黒い肌に嚙みつく。鋼が触れると壁が震えて、また怪しく黒光りするのだ。

古生代後半の、つややかなこの炭化物質を、私はシャベルですくってベルトコンベヤーに載せる作業にかかった。

五回、六回。汗が滴《したた》る。眼鏡が濡れ、黒いちりが付着して視界がかすむ。

八回、九回。腕がしびれる。

十回、十一回。肩にけいれんがきた。喉《のど》がひりついた。結局、あえなくダウン。

近くでは横坑建築の鉱員が、石炭か人間か見分けがつかないほど黒に染まって働いていた。

彼は口とおぼしきあたりをパクパクと開けて、すれちがう鉱員と「シチェンシチュ・ボジェ（神のご加護を）！」と声を掛けあっていた。労組の別なく、社会主義の時もいまも、こうあいさつするのだ。

スープは、どうしたかって？

前置きが長くなり申しわけない。昼過ぎまでのこの労働のあとに、鉱員クラブの食堂で、それは出たのである。

私はその前にふがいなさをのろいながら、シャワーを浴びた。口から、黒い汁をタコみたいに吐きつづけた。墨が、あきれるほどたくさん出てきた。

喉がかわききっていた。鉱員クラブでまずビールを飲んだ。

クハルスキが言う。

「石炭を食った口を、これで洗うんだ」

体に一筋涼しい水脈ができた。

そして、スープを飲んだ。ボグラッチという、見た目にはどうということもない、茶色い、具だくさんの田舎スープ。

「うまーい！」

私は叫んだ。

さっきまで炭塵《たんじん》で真っ黒だった舌に、よく煮こんだ牛骨と香味野菜の味が心地よく染みた。ウシキという白玉状のもちも入っていて、肉汁の味を帯びたそれを食べると、なんだか優しい日本の田舎の味がして、喉がゴロゴロ鳴りだしそうだった。

セロリ、パセリの根もベースになっているかもしれない。それに、唐辛子の適度な辛さが、疲れた体を気持ちよく刺激した。

「世界・だ」

私はうなった。

「冬には、もっと濃くて、辛い、肉の多いスープを妻が作ってくれる」

クハルスキがつぶやいた。

「宝くじは外れてばかりいるけど……」

食後に会社側幹部と会ったら、この炭鉱の寿命はあと二十数年、いずれレイオフもせざるをえないという。「連帯」事務所の壁からは、ワレサ大統領のポスターが外《はず》されていた。カリスマではなくなったのだ。

景気のいい話はなにもなかった。スープだけが素晴らしくうまかった。

味が忘れられず、翌日ふたたびボグラッチを飲みにいった。

坑内から上がってきた男たちが舌鼓《したつづみ》を打っていた。

ボグラッチはやっぱりおいしかったけれど、私には、なぜか、前日ほどの感動はなかった。その日は働かず、石炭を食いもせず、汗もかかずに、そのスープを飲んだからだ、きっと。

# ラーメンスープ製作日記

東海林さだお

しょうじ・さだお
1937年東京生まれ、漫画家、エッセイスト。『新漫画文学全集』『タンマ君』で文藝春秋漫画賞受賞。講談社エッセイ賞受賞の『ブタの丸かじり』をはじめとする「丸かじり」シリーズが大人気。その他おもな著作・漫画作品に『アサッテ君』『花がないのに花見かな』など。

このところ、ラーメンのスープづくりにハマってしまって困っている。

毎日、深夜、三時間も四時間もスープ鍋の前に立ち、フツフツ煮えるスープを見つめている。

ときどき浮いてくるアクをアク取りですくい取っては次のアクが浮いてくるのを待っている。

スープづくりにかける時間の分だけ睡眠時間が減る。

困ってはいるのだがどうしてもやめられない。

つくればつくるほど、新しい疑念、テーマ、アイデアがわいてきてやめるわけにはいかない。

そもそもの発端は、上野のアメ横で鶏の足先、通称モミジを発見したことにある。

「モミジからはええダシが取れまんねん」

とはラーメン業界の常識だ。

ぼくもかねがね「取れまんねんやろな」と思っていたのだ。

だがモミジはどこにも売ってない。

そのモミジを、アメ横の中ほどにある「アメ横センタービル」の地下で発見した。

迷わずゲット。

この地下は、アジア関係の食材の市場で、並んでいるのは珍しいものばかりだ。

そして安い。

モミジ（七個入り）一袋三〇〇円。

豚骨発見。一本九〇円。二本ゲット。

豚の皮発見。厚さ四センチ、ねっとり部厚い脂がついていて、週刊誌見開き大のものが三五〇円。ええダシ取れまっせ。ゲット。

豚の胸の骨のガラ発見。アバラ骨に肉ビッシリ。一袋八五〇グラム、三九二円。よくわかんないけど、ええダシ、ゴッツ取れそう。ゲット。

豚のしっぽ発見。長さ二〇センチぐらいのが七本入って一袋、五〇〇円。くさいダシ取れそう。ゲットせず。

あとはどこでも売っている鶏ガラ一羽と手羽先五本を購入して帰宅。

ここで買ったものを整理してみよう。

豚関係＝豚骨、皮、ガラ。

鶏関係＝モミジ、ガラ、手羽先。

ふつうなら、これらをいっしょくたにして煮込み、そこへ昆布を加え、煮干しを加え、ということになるのだが、これだと味の方向の予測がつかない。プロにはわかるがシロートには無理だ。

スープづくり一週間の修業で、ぼくはついにシロート向けの方法を発見した。

それは、材料別に煮込んで、あとでそれを、ウィスキーの調合をするように調合するのだ。

豚関係は豚関係で一鍋。

鶏関係は鶏関係で一鍋。

昆布と煮干しはいっしょで一鍋。

野菜関係の、玉ねぎ、ねぎ、生姜などは、三者を調合したあとで煮て甘味を出す。

これならシロートでも味の方向づけができる。

「あのよう。その三者をいっしょに煮るからこそゴッタ煮の旨味が出るんでないかい。別々にスープ取ったらうまくいかないいんでないかい」

という意見は無視。

「なにしろ、こっちはシロートだでよう」

という一言のもとに無視。

豚骨をノコギリで二つにし（重労働）、すべての材料を一度下煮してから三つの鍋を火にかけて製作開始。

最初は三つの鍋から猛烈にアクが出てアク取りに大忙し。大奮闘。

そのうちアクはやや収まるが、それでも一時間以上アクはやまない。

二時間経って、うん、もう、収まったな、と思って油断していると、五分ぐらい経ってまた出てくる。

十分ぐらい経ってまた出てくる。十五分経つとまた出てくる。

「ええかげんに、しなさい」（*桂三枝サン風に読んでください）

というぐらいしつこく出てくる。

しかし、この〝深夜のスープづくり〟は、なかなか捨てがたいひとときだ。特に、アクがある程度収まってからがいい。

フツフツ煮えたぎる鍋を見つめ、その様子を見つめてはいるのだが頭の中は別のことを考え、その考えが別の考えを呼び、ふとスープに戻り、いいスープになってくれよ、と、意味もなく少しかき回し、しかし、とまたさっきの考えに戻る。

この行きつ戻りつが〝スープのひととき〟の味わいといえる。

料理には、切る、練る、つぶす、飾るなどの動きのあるひとときと、スープづくりのような動きのないひとときがある。

することはただ見つめているだけ。見つめている必要はないのに見つめているひととき。ある程度のぼんやり。ある程度の放心。

こういう〝単純きわまりないひととき〟が、われわれのいまの生活には少なすぎる。

深夜、鍋が自分の相手をしてくれているひととき。

だから、三時間ぐらい経って、もうまったくアクが出なくなったときはとても寂しい。

「キミの用は済んだよ」

と鍋が言っているのだ。もう用はないよ、と言っているのだ。

鍋に見捨てられたのだ。

それまで一生懸命、手をかけて慈しんできたものが、自分から離れていくのだ。子育てを終えつつある母親の心境はこんなものなのだろうか。

〝調合〟は、鍋の中身を一度漉してからのほうがいい。そのほうがわかりやすいしやりやすい。

今回のようにたくさんの材料を使った場合は、味付けは塩と薄口醤油だけのほうがよいようだ。

化学調味料に頼らなくても「ここまでおいしい」というラーメンスープを目ざし

てきょうもまた……。

＊現・桂文枝。

収録作品一覧

「スープ七変化」阿川佐和子／『魔女のスープ　残るは食欲 2』（マガジンハウス）
「出汁のない味噌汁」西加奈子／『ごはんぐるり』（NHK出版）
「兎亭のスープの味」遠藤周作／『狐狸庵 食道楽』（河出文庫）
「スープは音を立てて吸うべし」三島由紀夫／『不道徳教育講座』（中央公論社）
「ミネストローネのせめぎあい」有賀薫／『こうして私は料理が得意になってしまった』（大和書房）
「おいしく豊かな水だし生活」内館牧子／『牧子、還暦過ぎてチューボーに入る』（主婦の友社）
「拾った魚のスープ」伊丹十三／『女たちよ！』（新潮文庫）
「春雨と椎茸と蟹のスープ」宇野千代／『私の作ったお惣菜』（集英社文庫）
「だしの取り方」北大路魯山人／『魯山人著作集　第三巻　料理論集』（五月書房）
「泰然自若シチュウ」宮下奈都／『とりあえずウミガメのスープを仕込もう。』（扶桑社）
「わが工夫せるオジヤ」坂口安吾／『美しい暮しの手帖　第一一号』（暮しの手帖社）
「ミキサーでスープ」吉沢久子／『ひとり暮らしのおいしい食卓』（講談社）
「二月の章（抄）」水上勉／『土を喰ふ日々　わが精進十二ケ月』（文化出版局）
「何もかもわずらわしいなあ、と思う日に」小林カツ代／『こんなとき、こんな料理、こんなお菓子で』（大和書房）

「ブイヤベースの黄色」三宅艶子／『ハイカラ食いしんぼう記』（中公文庫）
「コンソメスープの誇り」稲田俊輔／『おいしいもので　できている』（リトルモア）
「ブイヤベース・ア・ラ・マルセイエーズ」長田弘／『食卓一期一会』（角川春樹事務所）
「八十翁の京料理（抄）」丸谷才一／『食通知つたかぶり』（中公文庫）
「骨まで喰いますドーム基地」西村淳／『面白南極料理人　笑う食卓』（新潮文庫）
「「食らわんか」（抄）」向田邦子／『向田邦子　ベスト・エッセイ』（ちくま文庫）
「南米チャンコ、最高でーす」椎名誠／『おなかがすいたハラペコだ。②　おかわりもういっぱい』（集英社文庫）
「イギリスのスープは塩辛い」林望／ハワード・ファーガソン著・林望訳注『独奏的生活』（研究社出版）
「ダンシチューと中村遊廓」檀一雄／『わが百味真髄』（中公文庫）
「酒造家の特権、泡汁を堪能」小泉武夫／『食あれば楽あり』（日本経済新聞社）
「最後の晩餐」森茉莉／『貧乏サヴァラン』（ちくま文庫）
「チャーハンのスープ」村松友視／『私、丼ものの味方です』（河出文庫）
「自動販売機の缶スープ」江國香織／『いくつもの週末』（世界文化社）
「鰈と骨湯」池波正太郎／『食卓のつぶやき』（朝日新聞社）
「ヨーグルトの冷たい簡単スープ」金井美恵子／『待つこと、忘れること？』（平凡社）
「二月の味」幸田文／『幸田文　台所帖』（平凡社）
「豆腐のポタージュ」高山なおみ／『気ぬけごはん』（暮しの手帖社）

「味噌汁でシメ！」久住昌之／『これ喰ってシメー』（カンゼン）
「六月二十七日（金曜）晴　昭和三十三年」古川緑波／『古川ヨロッパ昭和日記　晩年篇　昭和28年―昭和35年』（晶文社）
「「お鍋キュー」のひそかな楽しみ」スズキナオ／『深夜高速バスに100回ぐらい乗ってわかったこと』（スタンド・ブックス）
「出汁について」辰巳芳子／『あなたのために　いのちを支えるスープ』（文化出版局）
「涼しい味」石井好子／『バタをひとさじ、玉子を3コ』（河出書房新社）
「貧寒の月というけれど」獅子文六／『食味歳時記』（中公文庫）
「いただきものばかり」吉本ばなな／『ごはんのことばかり100話とちょっと』（朝日新聞出版）
「リスやウサギのつみれ汁」伊藤比呂美／『ウマし』（中央公論新社）
「黒を食う」辺見庸／『もの食う人びと』（共同通信社）
「ラーメンスープ製作日記」東海林さだお／『自炊大好き』（だいわ文庫）

・収録作品の「ブイヤベースの黄色」の著作権者の方は大和書房までご連絡くださいますようお願い申し上げます。

本作品は当文庫のためのオリジナルのアンソロジーです。

## 著者

阿川佐和子／有賀薫／池波正太郎／石井好子／伊丹十三／伊藤比呂美／稲田俊輔／内館牧子／宇野千代／江國香織／遠藤周作／長田弘／金井美恵子／北大路魯山人／久住昌之／小泉武夫／幸田文／小林カツ代／坂口安吾／椎名誠／獅子文六／東海林さだお／スズキナオ／高山なおみ／辰巳芳子／檀一雄／西加奈子／西村淳／林望／古川緑波／辺見庸／丸谷才一／三島由紀夫／水上勉／三宅艶子／宮下奈都／向田邦子／村松友視／森茉莉／吉沢久子／吉本ばなな

だいわ文庫

おいしいアンソロジー　スープ
心《こころ》とからだに、しみてくる

著者　阿《あ》川《がわ》佐《さ》和《わ》子《こ》　他《ほか》



二〇二四年一二月一五日第一刷発行
二〇二五年一月五日第二刷発行

発行者　佐藤靖
発行所　大和《だいわ》書房
東京都文京区関口一―三三―四　〒一一二―〇〇一四
電話　〇三―三二〇三―四五一一

フォーマットデザイン　鈴木成一デザイン室
本文デザイン　藤田知子
本文印刷　信毎書籍印刷
カバー印刷　山一印刷
製本　ナショナル製本

ISBN978-4-479-32111-8
乱丁本・落丁本はお取り替えいたします。
https://www.daiwashobo.co.jp

## だいわ文庫の好評既刊

安田登
つらくなったら古典を読もう
『古事記』や『平家物語』、和歌や『論語』……今に役立つ古典の読み方を教える、「まったく新しい古典案内」！
980円
494-1 E

＊平川陽一
ディープな世界遺産
悲恋の舞台、不気味な歴史、きな臭い栄華と凋落……。歴史への扉をひらく魅惑の世界遺産をオールカラー写真とともに完全網羅！
740円
001-J

＊望月麻美子
三浦たまみ
早わかり！西洋絵画のすべて
世界10大美術館
あの名画がこの一冊に！　迫力の120点掲載。ルーブルからメトロポリタン、エルミタージュ。フェルメールにもゴッホにも会える。
740円
002-J

＊水野久美
いつかは行きたい
ヨーロッパの世界でいちばん美しいお城
堅城・麗城・美宮を舞台に繰り広げられる「運命の人たち」の壮絶なエピソードが満載。ため息が出るほど美しいヨーロッパお城紀行。
740円
003-J

＊斎藤潤
絶対に行きたい！日本の島
日本には約7000の離島がある。厳島や佐渡島、屋久島のようなメジャーな島をはじめ、日本人なら読めば絶対に行きたくなる島々！
740円
005-J

＊木村泰司
名画は嘘をつく
「夜警」「モナリザ」「最後の審判」「ラス・メニーナス」「叫び」など、西洋絵画に秘められた嘘を解き明かす斜め上からの芸術鑑賞！
900円
006-J

＊印は書き下ろし

表示価格はすべて本体価格（税別）です。本体価格は変更することがあります。